胡鈍俞著

寧遠詩集

中華書局印行

著者儷影

著者略歷

胡鈍兪（一九〇一——）以字行，江西省永新縣人。民十八年畢業國立中央大學。民二十二至二十五年入英國倫敦大學政治經濟學院研究。民二十六至三十年任國立中山大學教授，國立四川大學教授兼主任。民三十二年至三十五年任中國國民黨江西省黨部南京市黨部委員兼書記長。行憲第一屆立法委員迄今。民十八至二十一年任新聲雜誌發行人。民五十三年迄今，任夏聲雜誌發行人。民五十九年迄今，任中國詩季刊雜誌發行人。著作有：重慶版，論馬克斯主義；商務版，矛盾與平衡；中華版，在發展中的臺灣經濟；夏聲版，寧遠詩集；詩經繹評，唐詩千首選評。

中國詩之命運——代自序一

中國舊詩，現在眞到了存亡絕續的時候，作詩的人固不多，可讀的詩更不多，有讀詩嗜好的人固不多，連有讀詩興趣的人亦不多。其原因：自從停科學，開學校，尤其民國以來，一般學子，都專心致志於一般科學，而無時間、精力、興趣、能力去欣賞中國舊詩；語文一致，白話詩興起，舊詩遂更遭人唾棄。因而作詩讀詩，祇是賦有文學修養者的消遣自娛而已。在一般人的眼光中，亦認爲是浪費時間、精力，而無裨於實際。

然則，中國舊詩，即將受不了時代的考驗而被淘汰，歸於消滅？曰，不然。詩言志，歌永言，詩隨生民而俱始，生民與詩而永生。中華民族，方興未艾，而謂中國詩從此而斬，無是理也。毛詩大序：「詩者志之所之也，在心爲志，發言爲詩，情動乎中而形於言，言之不足故嗟歎之，嗟歎之不足故永歌之，永歌之不足，不知手之舞之，足之蹈之也。」沈約，宋書，謝靈運傳論：「民稟天地之靈，含五常之德，剛柔迭用，喜慍分情。夫志動於中，則歌詠外發，雖虞夏以前，遺文不覩，稟氣懷靈，理或無異，然則歌詠所興，宜自生民始也。」朱熹，詩經集傳序：「或有問於予曰，詩爲何而作也？予應之曰，人生而靜，天之性也，感於物而動，性之欲也。夫既有欲矣，則不能無思，既有思矣，則不能無言，既有言矣，則言之所不能盡，而發爲咨嗟咏歎之餘者，必有自然之音響節族（音奏）而不能已焉，此詩之所以作也。」

一種民族，尤其是優秀的民族，一種文字，尤其是優美的文字，必然會產生優越的詩歌。必有優越的詩歌，始更能顯露其民族的優秀與文字的優美。中華民族，靈性發揮最高，精神生活至上，中國文字的構造、含義與韻律，最適宜於詩歌之表達，故中國詩歌之造詣，遠超過於其他民族及其他文字。優越之詩歌，出自高度靈性與豐富感情，而高度靈性與豐富感情，不限於哲人、學者的大詩人所獨有，一般生民，亦多具有此兩種優越之秉賦。詩經國風，多爲民間平民作品，後世民歌中，佳作亦復不少。人類的生存，仰賴於物質生活，有時精神重於物質。文學、藝術等，爲精神生活重要資料。英人寧失印度，而不願失了莎士比亞。如祇顧物質生活，則人之爲人與禽獸何以異？故中國詩自有其永生之價值，不因時代而被消滅。

然則，中國詩可由白話詩而代替？曰，亦不然。自五四運動以來，胡適等提倡白話文、白話詩。白話文運動，業已成功，而白話詩運動，完全落空。不獨沒有造就一個白話詩人，然一首可讀可傳的白話詩，還不容易找着，胡適的白話詩，就沒有一首可讀的，他的嘗試集眞是淺薄可笑。白話詩祇哄動了一個極短的時間，早已壽終正寢了，現在要借重它來延續中國詩的命運，誰亦不作此想。詩原無分文言白話，五七言絕句，很多是容易了解的白話文，李白、白居易是大詩人，他們的白話詩眞不少，寒山拾得，幾乎都是白話詩，亦有佳篇佳句。胡適等的白話詩，是爲白話而作詩，非爲作詩而用白話。詩用通俗文，間攙幾句白話，固無不可；若全用長短句白話，則成爲散文詩，做得最好的亦祇似長短句的古風，又無古風的古奧有力，或似詩餘之詞，又無詞的風韻動人。中國詩的正宗爲五古、七古（七古固然可以包括長短句），五七言絕句與律詩，都無法全用白話來構造，尤其律詩，爲中國文字特有的結構和貢獻，不宜廢棄。如孟浩然，過故人莊：「綠樹村邊合，青山郭外斜。」杜甫，旅夜書懷：「星垂平野濶，月湧大江流。」李白，登金陵鳳凰臺：「三山半落青天外，二水中分白鷺洲。」杜甫，閣夜：「五更鼓角聲悲壯，三峽星河影動搖。」其對仗工整，駢驪多姿，扣人心弦，使人油然生美感，非白話所能代替。詩貴含蓄而具神韻，白話就無此功能。作文、演說都要修詞，用白話來寫詩，如孺子村婦說話，喋喋不休，是十分討厭的。如王維，竹里館：「深林人不知，明月來相照。」岑參，見渭川思秦川：「憑添兩行淚，寄向故園流。」王之渙，涼州詞：「羌笛何須怨楊柳，春風不度玉門關。」李白，下江陵：「兩岸猿聲啼不住，輕舟已過萬重山。」韋應物，秋日訪人不遇：「怪來詩思清人骨，門對寒流雪滿山。」這些詩句，如用長短句白話來表達，則含蓄與神韻，俱失之矣。至於協平仄，押字韻，更使詩調低昂適度，韻味悠揚而入化境，白話詩無此功能也。

中國舊詩，有其優越而存在的條件，決不至遭受淘汰，亦不能由白話詩而代替。惟在二十世紀的民國年代，既非唐，亦非宋，若仍守唐、宋蹊徑，未免食古不化。現代的中國詩人應以舊瓶而裝新酒，保存舊詩的格式而修正其內容，使其合乎時代精神，則得之矣。

中國詩之傳統性與時代性——代自序二

歌詠所興，自生民始。民間歌謠，爲詩之最初形式。句短，詞簡，感情單純，斷竹歌，四句，句二字，其他歌謠皆簡短樸實。詩經三〇五篇，體分風雅頌，辭用賦比興，四言句爲正宗，長短句爲副體。南方之楚歌，爲古代南方之詩，屈原等之楚辭，書楚語，作楚聲，紀楚地，名楚物，淵源於楚歌，而演變爲樂府與詞賦。樂府爲詩之一大主流，詞賦雖胚胎律詩，但與詩分道而揚鑣。漢代詩爲樂府與古詩。建安曹氏父子，尤其曹植，開創詩境甚多。兩晉六朝，在民歌方面，放出異彩，而又胚胎唐律。迄至唐代，詩容充矣，詩體備矣，後之詩人，蔑以加矣。沈德潛唐詩別裁凡例：「詩至有唐，菁華極盛，體制大備。」其所謂體制大備者，不僅古體近體之完備而已，唐以後之詩，其體制、格式、規律，未能超過唐詩之外。如宋代之詩人，雖仍有成就，祇是在格調上、境界上、情韻上另謀開創，但詩體、詩規、詩律，仍然因襲唐製。民國以來之白話詩，仿傚歐美詩，推翻中國詩之傳統性，其失敗也宜矣，縱令成功，亦祇能比諸宋之詞、元之曲，而不能稱爲中國詩。

凡典章、文物、制度、文學、藝術，皆有極大之因襲作用。中國詩之淵源與流別，其因襲作用，至巨且深。詩三百篇因襲於民歌，楚辭因襲於楚歌，賦因襲於楚辭，樂府因襲於楚歌，律詩因襲於賦。李白、杜甫，歷史上兩大詩人，其詩尙多淵源於鮑、庾、陰、何、劉、沈、二謝，其他可知矣。杜甫詩曰：「庾信文章老更成。」又曰：「孰知二謝將能事，頗學陰何苦用心。」贈李白曰：「清新庾開府，俊逸鮑參軍。」與李白同尋范十隱居曰：「李侯有佳句，往往似陰鏗。」簡薛章曰：「何劉沈謝力未工，才兼鮑照愁絕倒。」李白詩曰：「解道澄江淨如練，令人長憶謝玄暉。」凡一國文學，必有其歷史之淵源，因襲改進，日見完善，如將歷史腰斬，而另揷根種子，不歸滅亡，即告變種。中國白話詩之消失，其故在此，此即所謂中國詩之傳統性，不可違反也。

依社會學之原理，社會之變遷，永無停息。中國數千年來，社會之變遷，甚爲遲緩，鴉片戰爭之後，海禁大開，中西接觸，文化交流，在思想上，觀念上，生活上，政治、社會制度上，皆掀起鉅大之變化。吾人如不接受新的變化，即不能適應新的環境。中國詩，雖淵源於歷史的因承，而有不可或缺的傳統性；但時代變遷，亦不能抱殘守闕，而嚴拒頑抗時代性之影響力量。故詩經、楚辭、漢代樂府、古詩、魏晉六朝而迄於唐，時代有所變遷，詩亦有所變化。唐代雖奠定了詩之正統，而宋元明清之詩，不無小異，因時代不同，詩亦不能毫無差異。近百餘年來，國家、社會、生活、制度、思想、物質，皆生巨變，如作詩者，仍規唐撫宋，則是唐宋人之詩，而非民國時代之詩。吾人所接觸之環境與事物，與唐宋人完全不同，詩以言志，以民國之人而言唐宋人之志，可笑也矣。杜甫詠懷詩：「許身亦何愚，竊比稷與契。」現在民主時代，不應再有稷契的思想。杜甫出塞詩：「挽弓當挽強，用箭當用良，射人先射馬，擒賊先擒王。」現在核子時代，描寫戰爭，不應拿弓箭戰馬做材料。在大都市作詩，不應用青燈如豆，坐飛機旅行，不應用馬蹄車輪，海戰不應用檣櫓帆篷，戰訊不應用羽書驛馬。反之，時下流行的新觀念、新事物，皆可入詩。黃遵憲主張以耳之所聞，目之所見，心之所接，口之所言，由手中之筆，一一寫出，其意即着重詩之時代性，所見極是。惟遵憲之詩，過於醜惡。其美總統競選詩：「有時應者者，有時呼咄咄，掌心發雷聲，拍拍齊擊節，最後手高舉，明示黨議決。」是不通的散句，何能稱詩！論詩者惑於梁啓超對遵憲詩之鼓吹，而每尊之爲大詩家，誤矣。遵憲論詩有其見地，而詩非其所長。

詩不可無時代性，如失其時代性，而祗刻意模倣唐宋，最高成就，與唐宋詩等耳。既有唐宋詩可供吟詠，不必再作相等唐宋之詩，明詩一無成就，失在模倣。作者之個性，亦爲時代性強烈之一面。曹操、韓愈、白居易，乃最善於發揮個性之詩人。項羽、劉邦，雖非詩人，而對吟詠亦善於發揮其個性。歷代詩人，於唐學李、杜，於宋學蘇、黃，其詩像李，像杜，像蘇，像黃，又非李，非杜，非蘇，非黃，而無一詩可取。

詩究竟是文學而不是科學。胡應麟：「詩人遇興立言，大則須彌，小則芥子，寧此拘拘也。」詩有賦比興，或以彼比此，或引物興詠。詩又重抽像而忌明言。「萬里」表示路遠而非眞確的數字，「孤帆」表示離別，遊子不一定乘船，烽火表示戰爭，三代以下，戰爭並無烽火。若必堅持以時代事物入詩，則失詩之傳統性。詩有其優良謹嚴的體制、格式、規律，若背此而另創一體，如白話詩然，則又失詩之傳統性，亦不能稱之爲詩。何謂傳統性，何謂時代性，運用之妙，存乎一心而已。

寧遠詩集目次

偕內子遊峨眉山李修睦同行……一
步韻和侯定遠……一
客蜀有感二首……一
憶江南二首……二
劉君以蝶戀花詞見示賦此戲贈……二
寄贈業師朱宗熹紹庵先生二首……二
步韻和劉秘書宗烈成都望江樓長堤散步見懷……三
謁武侯祠……三
四川烏江小角壩見覆舟……三
陳微波出示諸葛草廬留影囑題二首……三
哀舟子二首……四
對日戰爭……四
重慶陪都……四

南京僞府……四
日寇陷廣州退川滇講學三年感而追賦……五
過涪陵藺市友人迎於江干留宿置酒賦贈……五
四經烏江……五
哀舟子……五
秋興八首用杜工部秋興八首原韻……六
重九遇劉孝柏於渝州喜贈……七
由渝赴彭宿海棠溪車阻延期……七
渝彭道上前韻……七
泊烏江白馬與陳微波同舟……八
步韻和劉秘書宗烈見贈二首……八
由渝返彭贈喬士賢兼示石登蘭……八
重遊彭水琴山懷友……八
步韻和一安秋夜有感……九
贈周主任開慶……九
溫秘書子瑞萬里奔父喪，潘趣琴爲作萬里展情圖，陳灌蕪爲之序，並附抵家和作一首

，示以索詩，步韻奉贈。……九
留園雅集分韻得元字……一〇
由渝之彭過萬家雲山遇雪……一〇
訪彭水舊居……一〇
彭水除夕寄內……一〇
家居二首……一一
舟過三峽……一一
民國三十一年創辦國源煉油廠於彭水，元濟煉油廠於黔江，以應軍運需要，今抗戰勝利，二廠先後結束，爰成七律一章，以誌其事。……一一
中秋宿黔江元濟煉油廠寄內……一二
再過萬家雲山……一二
壽蓮花朱紫雯世伯八旬大慶……一二
移居廣州梅花村……一三
公祭黃花崗烈士……一三
重臨廣州……一三
浮海行……一三

民國十六年秋，逃離井崗山，途中着人護母先行，雖母子安全脫險，而禍亂相尋，有家難歸，患難中分別，竟成永訣，感賦四絕。……一四
秋興八首用杜工部秋興八首原韻……一五
乙未除夕感懷……一六
遊金瓜石金銅礦廠……一六
家居……一七
病中……一七
黃組長順成擅長攝影，以雞蛋一盤，攝影成圖，題曰「混沌初開」，技術既高，用意更深，持以乞題，爰以絕句應之。……一七
祝何敬之將軍七秩華誕……一七
中美棉織廠，創辦八年，一無成就，幸謹慎將事，未遭倒閉，頃告結束，賦此誌感。三首……一八
訪金門望大陸……一八
題一安詩詞集……一八
祝謝院長瀛洲伉儷七旬大慶，暨就任最高法院院長十五週年紀念……一九
九月十一日葛樂禮颱風……一九

影星凌波來台……二〇
台北賓館迎影星凌波……二〇
福建同鄉會爲影星凌波加冕……二〇
雜詩爲某首長復職而作……二〇
歲暮公休……二一
花朝看士林蘭展……二一
嘉義海埔新生地紀遊二首……二一
題風雨同舟圖……二一
紅羊……二二
浮海……二二
賈誼弔屈原……二二
詠史三首……二二
暴風雨前後……二三
靜坐……二三
山水詩七首……二三
晚眺……二四

曉望前韻……二四
中秋望月……二四
月夜……二四
海潮……二五
題夏聲雜誌出版四首……二五
山遊……二五
蜃樓……二五
日落……二六
山居……二六
山宿……二六
論詩三首……二六
日照……二七
鴉栖……二七
檻獅……二七
籠鳥……二七
夏聲雜誌半週年十首……二七

胃病三日五首……二八
菲律賓嫣汭五姓聯宗總會三十週年紀念……二九
碧潭遣興十首……二九
題友人合歡山攝影……三〇
夏聲雜誌一週年雜詩八首……三〇
議壇二首……三二
吳文獻等三義士，駕登陸艇投奔馬祖，乘機飛台，被敵機襲擊墜海。二首……三二
台灣氣候夏不熱冬不寒春和秋爽詩以紀之四首……三三
咏物四首……三三
丙婦行有記……三四
遊日月潭四首……三五
哀功狗——爲大陸整風而作……三六
紅衞兵……三六
山寺小憩二首……三六
觀光旅館……三七
哀大陸文化大革命四首……三七

毛林奪權受阻三首……三七
賣豆漿燒餅歌爲孫霖恩賦有序……三八
蘇聯公主史薇拉娜投奔自由二首……三九
望大陸二首……三九
故人過訪二首限逢韻……三九
論詩四首……四〇
和申丙教授老馬詩……四〇
日出有序……四一
論詩……四一
明日……四一
觀畫師張大千長江萬里圖卷……四二
天祥途中……四二
一月……四二
前詩意有未盡再賦廉吏篇……四三
周志道將軍，爲徐蚌會戰碾莊戰役，第一百軍官兵殉難，二十週年紀念徵文，賦此誌哀。……四三

曇花開後二首……………………………………………………………四三
美太空人登陸月球二首有序………………………………………………四四
初秋遊台北植物園……………………………………………………………四四
中華少年棒球隊榮獲世界冠軍………………………………………………四四
歸休二首有序…………………………………………………………………四五
陳霆銳先生爲其香姬周雲方徵詩賦此以應…………………………………四五
友人重印紅樓夢囑題薛寶釵…………………………………………………四五
哀王松筠女史…………………………………………………………………四六
和寒山詩三〇七首步韻并依其次序…………………………………………四六
次韻和高越天兄七十述懷八首………………………………………………一〇四
尋春分韻得抱字………………………………………………………………一〇六
次韻和俠廬兄七十自述二首…………………………………………………一〇六
乙卯上巳雅集分韻得合字擬寒山體…………………………………………一〇七
正鼎以書伉儷逝世周年悼詞…………………………………………………一〇七
天白義衡兄臺遊唱和達三十章喜而賦之……………………………………一〇七
與義衡兄半日山遊，別後未及三小時，彼遊詩六首至矣，喜賦。………一〇七

遊澄清湖宿湖邊小屋 四首……一〇八
和義衡兄環島訪梅 三首……一〇八
與天白義衡兄作半日遊 三首……一〇八
唐詩千首選評成十二卷因題卷末 五首……一〇九
海外呼聲 並序……一〇九
靜坐 四首……一一〇
雲泥 二首……一一〇
哭宏寬弟……一一一
與太希公遂義衡越天諸兄遊新竹青草湖並尋狄君武墓未見 二首……一一一
花蓮太魯閣途中 三首……一一一
四老由天祥步行至文山……一一二
老兵……一一二
日本毀約……一一三
書徐老義衡贈內詩後 二首……一一三
問年……一一三
尋梅懷舊並柬天白越天義衡三老 二首有序……一一三

四老石門雅集四首……一一四
小園遣步四首……一一四
角板山四老雅集……一一五
廬山之行三首……一一五
颱風時客至東陳祚龍三首試作古風五言六句體簡稱五六體……一一五
黃昏三首試作古風五六體……一一六
六懷篇十八首五言六句體……一一六
(一)懷遠三首……一一六
(二)懷舊三首……一一七
(三)懷鄉三首……一一七
(四)懷南京三首……一一七
(五)懷倫敦三首……一一七
(六)懷重慶三首……一一八
輓郭亦園三首用古風五言六句體……一一八
白雲山莊包徐二老同遊三首用古風五言六句體……一一八
次和杜召棠負翁先生九十述懷四首……一一九

五老紀遊三首用五六體……一一九
(一)金龍寺二首……一一九
(二)慈航寺一首慈航法師肉身金塑……一二〇
和包天老八十述懷元韻……一二〇
四老郊遊三首五六體……一二〇
疊韻詩十四首……一二一
(一)四老臺北郊遊次羅隱魏城逢故人遊韻……一二一
(二)前章意有未盡，再疊遊韻……一二一
(三)三疊遊韻……一二一
(四)四老今年秋遊，因包天老公忙作罷，四疊遊韻。……一二一
(五)五疊遊韻……一二一
(六)憶南京六疊遊韻……一二二
(七)七疊遊韻……一二二
(八)八疊遊韻……一二二
(九)九疊遊韻……一二二
(十)十疊遊韻……一二二

(十一)十一疊遊韻……一一三
(十二)十二疊遊韻……一一三
(十三)十三疊遊韻……一一三
(十四)十四疊遊韻……一一三
次韻奉和孔鑄禹老八十詠懷……一一四
冒雨霧遊陽明山十五疊遊韻……一一四
碧潭泛舟十六疊遊韻……一一四
四老台北雅集十七疊遊韻……一一五
悼徐義衡岳母周太夫人……一一五
徐老義衡哀詞三首……一一五
呂母蕭太夫人百齡大慶……一一六
悼徐老義衡二首用高老越天岑容韻……一一六
步和高老越天八秩大慶自述四首……一一六
題頤園詩稿……一一七
題李翁超哉墨竹　用古風五言六句體……一一七
悼包老天白二首……一一七

目次

偕內子遊峨眉山李修睦同行

廿九、三、十六、於峨眉山

峨眉山頂負青天。猿鶴無猜列寺前。雲海逍遙心入定。佛燈明滅影回旋。禪堂夜永圍爐飲。玉臂春寒對榻眠。聞道神仙居洞府。竟無去處覓神仙。

注：峨眉山有雲海佛燈奇景

步韻和侯定遠

卅、一、卅、於成都

大江南北起煙塵。乍見歸鴻意倍親。憂患未催青鬢改。殷勤彌感素心貞。高才羨有凌雲志。多難疑逢隔世人。何日中原還舊主。秦淮夜雨話前因。

客蜀有感　二首

卅、三、四、於成都、下同

事業已隨征戰空。幾年鴻爪歎西東。狼煙萬里關河黑。鵑血三更草木紅。巫峽暮雲明滅裏。錦江曙色有無中。國仇羈思兩惆悵。何日歸帆掛好風。

自覺年來萬事非。客遊動與寸心違。畫眉深淺時人賞。古調低昂識者稀。壯志未隨華髮盡。豪情已共白雲飛。三年空谷足音少。時伴漁樵帶月歸。

憶江南 二首

卅、三、四

十室江南九室空。天倫夢杳各西東。春堤柳絮誰言白。（杭州西湖）曉雨櫻桃自映紅。（南京玄武湖）萬里他鄉兵刧後。三年故國月明中。新亭每灑書生淚。庾信哀時感慨同。

江南好景已全非。花樹群鶯與我違。豺虎縱橫鷄犬盡。龍蛇爭鬥雁魚稀。儘教鐵鎖千尋斷。詎讓降幡一片飛。群策運籌延漢祚。大仇未報不言歸。

劉君以蝶戀花詞見示賦此戲贈

卅、三、十五

共悲零落遍天涯。人道羅敷早有家。黛掃蛾眉憐麗質。絃彈錦瑟惜芳華。當年曲響凰求鳳。此日歌殘蝶戀花。舊地重逢君又嫁。明珠還我兩咨嗟。

寄贈業師朱宗熹紹庵先生 二首

卅、三、廿八

百年薪火見羹墻。飲水飯蔬樂未央。識字曾研秦篆隸。摛詞今見漢文章。蟄龍鱗逆厭雲雨。老柏根深耐雪霜。迢遞高山安可仰。愧教遊子挹芬芳。

昔時禍變起蕭墻。（被蕭漢傑謀殺未遂）拜別匆匆夜未央。空見凌雲存志略。敢云驚世有文章。三年戰伐淚如雨。萬里浮沈鬢欲霜。何物可酬珍重意。薪傳綿遠接芬芳。

步韻和劉秘書宗烈成都望江樓長堤散步見懷　卅、五、六

三年避亂到山隈。怯聽中原消息來。絕塞風雲迷日月。錦江煙雨滿樓臺。莫愁胡馬偏多壯。只怕秦人不自哀。未見蒼生終誤盡。過江名士盡奇才。

注：原玉有莫道蒼生終誤盡東山猶臥濟時才二句故以末二句答之。

謁武侯祠　卅、五、六

受命臨危不顧身。奇師六出劍江濱。武功文治垂青史。地柱天維繫老臣。吳魏之間無匹敵。殷周而後一完人。漢家正統終歸蜀。名士千秋廟貌新。

四川烏江小角壩見覆舟　卅一、三、廿一、於烏江舟中

烏江奔放亂山中。山色蒼茫水勢雄。峽口風搖春樹碧。灘心浪捲夕陽紅。誰家幡影招新鬼。幾處濤聲逐斷篷。自歎年來經險慣。已無餘淚弔沙蟲。

陳微波出示諸葛草廬留影囑題　二首　卅一、四、九、於彭水

一揮羽扇一儒冠。三顧頻勞高臥難。魚水君臣千古事。鴻泥留得畫中看。

三分功業逐清塵。柏自蒼蒼草自春。賸得風流儒雅在。至今猶有顧廬人。

卅一、五、二、於彭水鹿角沱舟中

哀舟子　二首

去住天涯弄小船。朝餐瘴雨夕蠻煙。半篙點盡千山石。博得江村一夜眠。

孤舟弄遍天涯。青山白石黃沙。身外更無長物。終年水上人家。

卅一、六、二、於彭水

對日戰爭

大廈將傾一木支。龍拿虎擲苦撐持。十年東北皆胡服。半壁西南有漢旗。百萬貔貅齊喊吶。八千子弟盡驅馳。國仇九世誰忘報。怨恨相尋無已時。

卅一、六、二、於重慶、下同

重慶陪都

二水環山兩扇開。終年煙霧鎖樓臺。管絃歌舞夜城動。關塞風雲曉角哀。獨使元戎勞汗馬。未聞袞輔答涓埃。巴渝誰道偏安地。指顧中原捷報來。

卅一、六、二

南京偽府

胡騎驕横遍九州。金陵王氣一時休。降王（溥儀）北走據遼海。賊子（汪精衛）東行作楚囚。煑豆燃其詩思苦。缺斨破斧聖心憂。河山畢竟還眞主。大地煙雲眼底收。

日寇陷廣州退川滇講學三年有感而追賦

卅一、六、二、於彭水

絃歌忽接鼓鼙聲。倉卒西南萬里行。峨頂雲閒留客屐。滇池浪靜濯塵纓。琴書無計供溫飽。骨肉何從問死生。風雨羅浮珠海月（指廣東）。可憐豺虎尚縱橫。

過涪陵藺市友人迎於江干留宿置酒賦贈

卅一、七、十八、於藺市

孤帆東發路漫漫。舊雨相逢竟夕歡。曾示肺肝盟海角。復勞杖履候江干。指囷濟友今誰見。傾產育才古所難。近接桃源三百里。避秦有地且盤桓。

注：藺市附近有平蕩鄉周圍數百里眞世外桃源

四經烏江

卅一、七、廿二、於四川烏江舟中

昨阻關津今阻兵。舟人反覆更無情。孤篷待漏五更雨。兩日長征十里程。天外帆懸雲上下。江間浪湧石縱橫。半年三度烏江險。自笑還從險處行。

哀舟子

卅一、七、廿六、於四川烏江舟中

孤棹沿洄破野煙。危峯萬仞伴高眠。倉皇色變急灘下。欸乃聲喧淺水邊。白髮龍鍾持大纛。舟師赤身俯伏帶長弦。船夫雪霜風雨經來慣。博得浮生酒飯錢。

秋興 八首用杜工部秋興八首原韻　卅一、八、廿二、於彭水

風滿烏江霜滿林。山高天小氣森森。三旬苦旱百泉竭。一雨成秋萬壑陰。拊髀久違鞍馬願。枕流長慰布衣心。捲簾目送雲間鶴。移坐耳迎月下砧。

錦瑟聲殘劍影斜。每依逝水惜年華。親亡空記春暉草。世亂頻浮滄海艖。萬國旌旗悲畫角。九天鴻雁動哀笳。傷心怕看楓林葉。遍地飛紅勝落花。

山城古道帶斜暉。處處江村隱翠微。客思漸隨秋草老。歡情每逐暮鴉飛。馳驅戎馬心猶壯。叱咤風雲願已違。野外未嫌供給少。盤飧尚有錦鱗肥。

成敗功名一局棋。回頭百事不勝悲。病貧且屬亂離後。閒散偏逢少壯時。雞寨五更增感慨。霜蹄千里苦奔馳。相隨幸有詩情在。昂首高吟慰所思。

看盡西南萬里山。冰心苦抱寄人間。客稀花徑何曾掃。地僻柴門不用關。江上孤舟容傲骨。天涯衰草對愁顏。平生未佩封侯印。午夜免隨供奉班。

國事於今屬黑頭，劇憐宋玉竟悲秋。節持塞外子卿恨。賦獻江南開府愁。羽箭亦能穿石虎。樓船何止戲沙鷗。王師指顧出巫峽。日月無私照九州。

故國五年何所似。不堪回首月明中。感時齊灑千秋淚。破浪誰乘萬里風。烽火彌天關塞黑。瘡痍遍地海天紅。世平待得東歸日。忽忽少年成老翁。

家山萬里自逶迤。竹馬兒童憶下陂。（年少讀書處）畢竟神龍歸大海。空教越鳥戀南枝。天心隱顯誰能見。人事浮沈志未移。一日短長休記省。清名留待汗青垂。

卅一、十、廿一、於重慶

重九遇劉孝柏於渝州喜贈

千山煙雨會重陽。二水環城帶恨長。一別十年疑是夢。相逢萬里喜如狂。風塵荏苒形容老。人事升沈劍履忙。同是天涯爲客久。家籬叢菊爲誰黃。

由渝赴彭宿海棠溪車阻延期

卅一、十、廿四、於重慶

驪歌聲咽酒筵間。投宿江干已閉關。千頃銀濤搖北斗。數家燈火點南山。（在海棠溪旁）鶴巢松月物皆靜。燕逐秋風人未閒。車馬多情留客住。別離昨日又今還。

卅一、十、廿六、於渝彭途中

渝彭道上 前韻

連峯直上暮煙間。十叩柴扉九已關。夜月雞聲違畫枕。晨曦玉露濯秋山。風雲花鳥蹄輪捷。坂築魚鹽書劍閒。三月淄塵京洛久。此身猶著素衣還。

泊烏江白馬與陳微波同舟

卅二、六、三、於烏江舟中

微波白岸晚霞明。五日風帆一葉輕。到處津亭留勝跡。沿江斥堠（匪警）滯歸程。兩年飽識窮邊味。萬里難忘故國情。生計從今宜改換。魚鹽自古幾書生。

步韻和劉秘書宗烈見贈　二首

卅二、十、廿七、於重慶

環顧九州幾覇才。蟄龍無力起風雷。楚人白雪誰知曲。燕市黃金空築臺。亂世功名供醉夢。少年意氣付蒿萊。難逢千里故人至。兩載愁眉初度開。

故人千里下渝州。雲影山光共一樓。生有自來尊道誼。往無不復薄恩仇。晨星寥落傷知己。天爵潛修傲列侯。隨寓能安常自得。等閒未白少年頭。

由渝返彭贈喬士賢兼示石登蘭

卅二、十二、六、於彭水

出岫浮雲又半年。山樓寂寂水含煙。殘棋收拾君誠苦。險道馳驅我自憐。飽管風塵存意氣。藺廉肝膽照雲天。行囊檢點無他贈。甘橘二三詩一篇。

重遊彭水琴山懷友

卅二、十二、六、於彭水

凄涼舊地客停車。重上琴山覽物華。日影拂林林弄影。澗花唧水水環花。稚童引火煑新豆。老媼捧盤獻野茶。風景不殊遊興異。伊人寂寞隔天涯。

卅二、十二、廿九、於黔江

步韻和一安秋夜有感

江村風月話東廂。天氣未寒夜已涼。此唱彼酬詩思苦。乍逢又別馬蹄忙。空敎冠蓋騰京輔。畢竟人才出楚湘。（一安湘人）莫歎風塵知己少。高山流水自悠揚。

注：原玉有武侯功績酬知己屈賈多才志未揚句。

卅三、二、九、於重慶、下同

贈周主任開慶

傾蓋喜逢公瑾周。醇醪自醉意悠悠。來從萬里雲天鶴。伴作半年沙水鷗。攬轡中原同慷慨。枕戈西蜀快恩仇。皇州氣象初流轉。春雨春風共一樓。

温秘書子瑞萬里奔父喪，潘趣琴爲作萬里展情圖，陳灌蕪爲之序，並附抵家和作一首，示以索詩，步韻奉贈。

卅三、四、廿

忽報行人遠道歸。合家疑夢復疑非。百年手澤存遺愛。萬里淚痕對落暉。情展畫圖腸欲斷。歡承菽水願終違。少孤我亦客遊早。悵望鯉庭安所依。

卅三、五、十六

留園雅集 分韻得元字

八方風雨會名園。嵐上樓臺水抱軒。蕉葉碧流春草岸。柳條青鎖晚溪村。林泉息影夜來寂。鳥雀忘機曉更喧。難得浮生閒若此。人間苦樂兩無痕。

由渝之彭過萬家雲山遇雪

卅四、二、十一、於彭水、下同

纔從江右乘雲返。又向川東戴雪行。萬壑寒光人影杳。千尋冰道獸蹄驚。點殘笻杖足還健。數盡雞籌天未明。兩夜淒涼茅店客。艱難今日到山城。

訪彭水舊居

卅四、二、十一

山城原是舊遊地。駐馬江村正二年。因過荒園尋故址。忽逢老僕話前緣。雀聲噪耳隨雞啄。羊性愛群伴犬眠。欲別還留留半日。清泉古樹兩茫然。

彭水除夕寄內

卅四、二、十一

幾年領略山城味。又到山城度歲除。雪滿鬢眉風滿袖。食無魚米出無車。惟將醉意消寒夕。尚有詩情慰客居。三口一家分兩地。問卿此別別何如。

家　居　二首

卅四、四、十二、於重慶

平生踪跡半天涯。幾度團欒數口家。外母六旬偏愛女。乳兒九月學呼爺。鶯聲漸老春將暮。蝶夢初回日又斜。世態紛紛渾不管。鴨爐香透碧窗紗。

世亂無能味有餘。閉門終日似僧居。宅深未種先生柳。巷僻時迴長者車。釣罷石磯春水漲。養成茶藥午陰初。田園何處二三畝。帝力不知帶雨鋤。

舟過三峽

卅四、三、十八、於三峽舟中

水勢疑經三峽斷。神工爲鑿兩門開。浪翻舟自雲間出。天曉日從地底來。府據荊吳吞悍虜。直流江漢鬱春雷。楚臺巫女虛無事。留與詞臣仔細猜。

民國三十一年創辦國源煉油廠於彭水，元濟煉油廠於黔江，以應軍運需要，今抗戰勝利，二廠先後結束，爰成七律一章，以誌其事。

鳩工斬棘到荒村。茅竹爲牆土作門。流注石池如雨集。氤氳煙竈若雲屯。（敍煉油之景）千金棥券蘇民困。（放棄油戶貸款）萬里輸油報國恩。舊業今隨征戰了。四年苦樂兩無痕。

中秋宿黔江元濟煉油廠寄內

卅四、九、廿、於黔江

屋外蕭蕭竹數竿。荷池敗葉送輕寒。舊居此日凋零盡。大業當年締造難（指煉油廠）。閨裏遙憐人繾綣。天涯獨對月團欒。誰曾亂後閒如我。身似浮雲無定端。

再過萬家雲山

卅五、二、九、萬家雲山途中

風雪去年過此山。陽和今日送春還。梯田（山上之田）萬仞蛙鳴鼓。玉帶千圍（馬路）馬走環。亂世匏瓜何處繫。浮生書劍幾時閒。漫遊自比神仙侶。身在松濤雲海間。

壽蓮花朱紫雯世伯八旬大慶

卅八、三、廿八、於廣州梅花村、下同

五福一曰壽。壽高必有因。世亂身彌健。翁非尋常人。天性何恬淡。得失兩無心。云耕亦云讀。詩酒又山林。顛沛莫能賊。寇盜不敢侵。昔年花甲慶。自許加廿年。從今加廿年。期頤祝翁前。

移居廣州梅花村

卅八、三、廿八

南來爲客久。郊居尚有村。寒梅未及待。紅棉何足論。尚無城市氣。竟有車馬喧。稚女初識字。隔日不肯溫。僕傭不解語。日夕生煩言。晦冥多風雨。何處問桃源。

公祭黃花崗烈士

卅八、三、廿九

黃花崗上血。千年磨不滅。殺身竟成仁。英風而亮節。蒼涼獻生芻。風雨黯行列。赤氛尚未靖。何顏對先烈。

重臨廣州

卅八、四、四

今爲避亂來。昔爲避亂去。民國廿七年避日寇離粵 相隔十二年。來去無定處。浪跡江南北。懷念惟百粵。中山紀念堂。黃花崗上骨。羅浮山頭雲。海珠橋下月。養吾浩然氣。慰我寂寥心。景物未改換。人事成古今。老成半凋謝。空谷少足音。盜匪橫鄉曲。邑吏玷官箴。內外多憂患。兀兀百慮侵。

浮海行

四一、八、二、於臺灣臺北市、下同

八年苦戰凱歌還。將軍匆匆出榆關。關外老將呑聲哭。九路諸侯(東北九省)列朝班。貂錦狐裘搜索盡。慘慘黑水對白山。強鄰(蘇聯)壓境勢莫當。受豢鷹犬(中共)更猖狂。轉將俘馘留麾下。收拾殘卒列疆場。燎原到處星星火。刼奪焚殺亂紀綱。今日失地復失城。明日折將又折兵。可憐王師數十萬。朔風積雪半死生。黃河南北煙塵起。洛濟淮泗盡披靡。舊京愚將(傅作義)豎降旛。失城不煩遺一矢。江北戍堞風蕭蕭。從此憑臨一江水。外患內憂相熬煎。元首無力可回天。名器暫攝由新主。(李宗仁)辭卑幣重求瓦全。北上迎賊皇華使。(張治中黃紹竑等)與賊早結不解緣。江陰黃金賣故壘。帝都遷粵復遷川。將有降心倒戈去。士無鬥志棄甲眠。帶礪河山輕易手。退守孤島又三年。憶昔百粵舉義旗。東征西怨王者師。犂掃橫逆賈餘勇。指揮若定却東夷。二十年間一回首。昔年何盛今何衰。盛衰之理理何在。不爲君言君亦知。一盛一衰已如此。衰何足悲盛何喜。盛衰之因苦追尋。轉衰爲盛從此始。

四一、八、卅一

民國十六年秋，逃難井崗山，途中着人護母先行，雖母子安全脫險，而禍亂相尋，有家難歸，患難中分別，竟成永訣，感賦四絕。

秋月照弓刀。荒山負母逃。環聞追騎至。仰歎井崗高。

依依仗策行。三步一回首。不願已先逃。有懷兒落後。古傷遠別離。臨難更傷別。一別不歸來。依閭腸欲裂。待兒營葬地。萬里寄遺言。葬地知何處。悠悠負母恩。

秋　興八首　用杜工部秋興八首原韻　四一、九、十五

日浴汪洋月隱林。玉山海峽氣蕭森。四時皆夏群花豔。一雨成秋大地陰。三戶凄涼存楚望。十年生聚沼吳心。家家競獻無衣賦。金馬（金門馬祖）風高動戍碪。

甌閩遙望日西斜。海上群山度歲華。沙土施肥成沃壤。溪流築庫走遊艖。八千子弟披肝膽。百萬貔貅習鼓笳。庾信平生多感慨。暗將血淚染黃花。

親亡無計報春暉。思國徒然詠式微。地迥天高人北望。月明樹遠鵲南飛。梧桐鳳翥願何達。風雨雞鳴意未違。身瘦寧嫌官俸薄。幾時得見兆民肥。

再衰三竭守殘棋。往事如斯只自悲。戚戚兆民南遣日。紛紛諸將北降時。中原無復漢旗舞。環海猶聞戍艦馳。無物可消亡國恨。每憑秋意寄哀思。

優良民族住高山。正氣長留天地間。肯讓版圖歸敵府。自將血肉守邊關。吳公一死終移俗。毛女浩歌可解顏。此日同舟風雨急。野人芹曝獻朝班。

注：此首詠臺灣高山族、吳公指吳鳳、毛女指日月潭毛信孝之兩女公子。

孤臣日日哭江頭。受制東夷五十秋。壯士蟲沙千古恨。順民牛酒萬家愁。南臺煙雨傳刁斗。西峽樓船起海鷗。終見河山還故主。外藩今作帝王州。

浮誇己力奪天功。印綬黃金在眼中。鵬翼待時凌斗漢。馬蹄得意笑春風。過江名士搔頭白。辭廟王孫墜淚紅。市井今無屠狗輩。田間崛起富家翁。

清流出谷自逶迤。潭影劍峯漾石陂。傲世孤松凌絕壁。多情粉蝶戀繁枝。碧光迷眼秋容杳。紫色臨窓午夢移。欲遣九州同造化。可憐雲幕遠低垂。

乙未除夕感懷

四五、二、十一

幾回把酒叩天心。何事神州久陸沈。滄海有情孤棹遠。故山無主暮雲深。幽燕日短寒吹角。金馬春遲夜擣碪。每道來年歸去也。年年苦待到而今。

注：幽燕指北平僞政權、金馬指金門馬祖。

遊金瓜石金銅礦廠

四五、七、十五

巍峨古石聳蒼穹。左右崗巒在抱中。起伏松濤天不雨㈠。迴環洞道地生風。㈡山頭樹拂浮雲白。海上浪翻落照紅。百鍊黃金無一利。何如澗水點青銅。㈢

注：㈠金瓜石雨季甚長，惟風鳴之夜，次日必晴。㈡地下掘洞採礦，洞道迴環，積長數百公里，

洞口冷風甚大。㈢礦廠鍊金，官價甚低，虧累不堪，惟用澗水浸鐵，點鍊成銅，獲利甚厚。

家居

四六、一、廿六

潭雲劍影息車塵。妻女相隨倍覺親。六尺門低庸礙眼。三間屋小足容身。半簷分滴幾家雨。一樹長連數院春。刼後自慚安樂久。天涯到處有勞人。

病中

四六、十一、十九

病裏始知天地寬。人間禍福自循環。蟲沙擾擾生旋滅。宇宙茫茫去復還。每歎年華隨逝水。惟將懷抱付秋山。藥爐有意來親我。贏得此身數日閒。

黃組長順成擅長攝影，以鷄蛋一盤，攝影成圖，題曰「混沌初開」技術既高，用意更深，持以乞題，爰以絶句應之。

四七、十、九

混沌未開眞自由。不知歡樂不知愁。悔從七孔鑿成後。終日營營竟未休。

祝何敬之將軍七秩華誕

四八、三、七

無忤無爭到處宜。蓬萊風月足棲遲。粵江虎視東征日。牧野鷹揚北伐時。麾下偏裨多將相。軍中袍澤盡貅貔。而今七十不言老。大廈還憑一木支。

中美棉織廠，創辦八年，一無成就，幸謹愼將事，未遭倒閉，頃告結束，賦此誌感。三首

五十、六、卅

欲從貨殖慕高賢。興廠鳩工淡水邊。不少經綸謀展佈。更多機杼自回旋。拈鍼壓線添襦袴。抱布貿絲利市廛。午影欲斜初進食。時將夜半未成眠。

人定誰云可勝天。八年辛苦竟徒然。南臺瓜摘一而再。小吏門通萬取千。清白幸遊羅網外。軒昂愧對簿書前。（被人倒帳由律師對質公庭）米珠薪桂煩供給。傾篋難酬高利錢。

八年甘苦此心諳。興廠時難廢亦難。杼斷機斜天籟寂。曲終人散月痕殘。酬庸三月百工喜。（發員工三個月遣散費）償債萬金諸友安。（借款本利還清）今日逍遙雲物外。從容檢點舊儒冠。

訪金門望大陸

五二、二、廿

漢賊相持未洗兵。七重峯（金門有七重峯）壘擁嚴城。登高悵望三回首。隔岸如聞父老聲。

題一安詩詞集

五二、六、十八

黔江共艱苦。渝州識英姿。談兵撫劍。把酒論詩。抵足高眠風雨夕。仗策江邊月明時。凱歌下三峽。君歸瀟湘我去東南陲。赤焰又爆起。海外苦奔馳。相別二十載。消息兩不知。忽奉佳章拍案叫。才高學富多憂思。忠貞貫日月。涕淚鑄文詞。漢祚衰微終可復。大廈將傾衆木支。珍重金玉體。莫使霜雪侵鬢絲。

五二、六、廿一

祝謝院長瀛洲伉儷七旬大慶，暨就任最高法院院長十五週年紀念

枝頭連理五十年。古稀雙壽開華筵。到處弟子立青氈。日夕高堂明鏡懸。昔日白下論蹄筌。三十年後各華顛。交淡如水何由宣。心香一瓣詩一篇。

五二、九、十五

九月十一日葛樂禮颱風

氣象臺前方報喜。洪峯忽到一層樓。市中波浪連天白。野外田廬滿眼秋。庫水海潮爭北上。生靈寶藏付東流。河槽年壅二三尺。沿岸築堤豈遠謀。

注：氣象臺報告颱風轉向，有利無災，預告喜訊。石門水庫，於潮來時，大放庫水，與潮爭流。

影星凌波來台

一舉成名拜帝京。忽歌忽泣見眞情。匆匆去住緣何事。三十萬人勞送迎。

五二、十一、九

注：凌波來臺受感動而泣身世。

台北賓館迎影星凌波

門前車馬擁西東。亭館喧闐盼逸鴻。正是佳賓齊舉首。黃梅一曲畫樓空。

五二、十一、九

注：凌波坐樓台，未會來賓，清歌數闋，蜂擁而去。

福建同鄉會爲影星凌波加冕

天涯一曲動鄉情。雲鬢橫斜蓮步輕。金冕輝皇勞奉戴。可憐身世未分明。

五二、十一、九

注：凌波係閩人或粵人，尙未宣告。

雜詩　爲某首長復職而作

五二、十二、十六

羅網無端一面開。私情國法惹疑猜。百萬帑金空簿牘。二三公案化塵埃。豎子名成工畫策。婦人身殉悔臨財。（某處長妻畏罪自殺）解鈴還仗繫鈴手。罷去兩年今又來。

歲暮公休

五三、一、卅一

日夕紛紛議論重。了無成就又殘冬。君言是也和聲寡。吾道非耶拊掌慵。應笑運籌心老草。漫勞答難語從客。今朝公退喜閒逸。欲上寺樓聽曉鐘。

注：潦草爲老草之訛。

花朝看士林蘭展

五三、三、廿五

幾日晴回寒氣消。探尋花信趁花朝。聞其香矣與俱化。覩此色焉正弄嬌。欲紉紫莖添野佩。擬援綠綺託高標。年來每起羈離歎。小立芳園慰寂寥。

嘉義海埔新生地紀遊　二首

五三、四、四

泥沙日夜挾潮來。窪地灘頭積作堆。環插竹筒成水陣。分行小樹抗風栽。

海風浩浩馬蕭蕭。刁斗征人守夜潮。西望中原頻指點。無舟欲渡水迢迢。

題風雨同舟圖

五三、五、廿一

疾風暴雨一孤舟。震撼橫斜逐浪流。撥櫓牽帆雲上下。未登彼岸不言休。

紅羊

紅羊赤馬逞天驕。浩蕩乾坤野火燒。死別生離浮海恨。王師何日動歸橈。

五三、六、一

浮海

浮海當年鬢未華。于今後輩各成家。孫孫子子無窮極。新籍創開天一涯。

五三、六、一

賈誼弔屈原

屈子沉江天地愁。賈生涕淚奪湘流。濁時養晦清時顯。進退從容得自由。

五三、六、十四、（甲辰端陽）

詠史　三首

五三、七、廿五

虞美人

拔山蓋世氣如虹。寶劍名駒躍碧空。帳外楚歌深夜起。美人一死報英雄。

韓　信

英雄逐鹿正鷹揚。坐失乾機求假王。相面封侯終已矣。藏弓烹狗事尋常。

駱賓王

詞客奇文動鬼神。讀來未見逆龍鱗。傷心坏土託孤語。宰相無能失此人。

五三、八、一

暴風雨前後

昏黑天常醉。嘯呼地轉迷。傾盆三尺雨。月掛竹林西。

五三、八、三

靜　坐

耳無聲息目無光。頂禮虔誠坐草堂。自怪非僧常入定。不知人世有炎涼。

五三、八、卅

山水詩　七首

五　古　一首

智者曰樂水。仁者曰樂山。山峙常靜止。水流聲潺湲。智由動而發。仁從靜中還。智者樂常在。仁者壽自頒。何日卸塵事。終年山水間。

五　絕　二首

山向高空聳。水從低處流。高低雖異勢。山水各千秋。

古竹屏茅屋。清泉鎖野亭。一番風雨後。月照萬峯青。

六　言　二首

欲去還留碧水。乍逢又別青山。倘是浮雲野鶴。何分天上人間。
垂綸潭岸橋口。伐木山峰細腰。終日議壇喋喋。生涯輸與漁樵。

七　絕　二首

幾家茅屋不成村。谷口風涼直到門。四面峯回天宇小。夕陽未落已黃昏。
碧水潺潺日夜流。浮花載葉到溪頭。前山截斷無通路。轉個彎兒出石洲。

五三、九、十五

晚　眺

淡江平靜劍峯低。（台北有淡江劍峯）倦鳥歸巢樹亦迷。閒散生涯天地小。夕陽又度萬山西。

五三、九、十六

曉　望　前韻

煙霧沉沉眼界低。欲明又暗曉星迷。紫光一線破東土。接射光芒到海西。

五三、九、廿

中秋望月

落日秋風萬感牽。天涯怕看月團圓。乾坤浩蕩無消息。待命炎方十五年。

五三、十、廿

月　夜

風雲開闔晚晴天。夜半星辰拱月圓。星月無人携得去。清光永照碧窗前。

海潮

五三、十、廿二

高潮忽與岸痕齊。追憶錢塘意轉迷。莫歎杭州歸路遠。汴州更在杭州西。

五三、十二、九

題夏聲雜誌出版 四首

沉吟放浪老書癡。禿筆孤燈獨鑄詞。亂世文章誰問價。此中得失寸心知。

一月集文數十篇。析疑解難論蹄筌。何妨筆墨災梨棗。歷代詞章幾獲傳。

句句酌商字字斟。披沙萬斛拾遺金。若憑片語能驚世。不負斯人千古心。

罪言論世語從容。道法詩情興轉濃。燦爛祥光垂宇宙。心靈不受紫塵封。

山遊

五三、十二、廿二

飄泊炎方十五秋。興來今日獨登樓。靄籠萬木碧無際。雨過千峯翠欲流。泉石風清尋鳥道。池塘水淺下魚鈎。車塵擾擾緣何事。今日得從麋鹿遊。

蜃樓

五三、十二、廿七

蜃樓飄渺水迢迢。秋盡冬殘草不凋。別有風情何處是。白雲紅樹一聲簫。

五三、十二、廿七

日落

日落滄江帆影遙。農歌隔岸送回潮。閒情不與別人說。獨步低吟過野橋。

五四、一、五

山居

莊生有夢迷蕉鹿。蘇子多情怨雪鴻。萬壑白雲耕不盡。一潭明月釣無窮。神遊魚躍鳶飛外。樂在雞鳴犬吠中。天地寬容思慮少。波濤浩蕩見聞空。

五四、一、廿九

山宿

青山環抱石縱橫。滌盡凡情水一泓。繞屋煙霞爲繡帳。一天星斗作棋枰。

五四、一、卅一

論詩　三首

老年走筆未嫌遲。一日曾成十首詩。應是嫗童皆可解。此中妙理盡人知。

詩思全憑境界高。休從典故鬥毫毛。唐賢有力追風雅。宋代幾人合楚騷。

盤空硬語自成蹊。浮響庸音更入迷。未去陳言難免俗。詩無新意不須題。

日照

日夜循環天運周。凄凄雲霧黯然收。世間萬物同溫暖。永放光明照九州。

五四、三、十五

鴉栖

高飛上與白雲齊。渡水越山路不迷。終日營營無所獲。歸來尚有一枝栖。

五四、三、十五

檻獅

睥睨深山百獸王。一聲怒吼震殊方。而今身鎖檻籠裏。欲賈餘威只自傷。

五四、三、十五

籠鳥

主人恩重賜餘糧。寄食生涯亦自傷。終日迴旋方寸地。平生未識草花香。

五四、三、十五

夏聲雜誌半週年 十首

月集詩文數十篇。碎金片玉亦堪傳。初求規矩不言巧。賡載於今又半年。

刊文問世正殘冬。大地春回興更濃。活水源頭流不住。終歸江海浪千重。

五四、五、八

月旦汝南今再聞。不談人物品詩文。此中三昧神難會。相視無言日又曛。
校正編排識苦甘。魯魚亥豕靜中參。洪鑪百鍊存金少。日賦萬言獨力擔。
論世罪言存至誠。養生正性掃欃槍。菩提有樹流甘露。不染纖塵一鏡明。
嘔盡前人千古心。名篇留得到而今。吾詩只合灾梨棗。南海尋珠萬丈深。
潑墨攤箋萬緒紛。艱難何處覓奇文。欲言還止成章少。眞意留遺嶺上雲。
狂放書生好弄文。士林振臂掃千軍。萬言倚馬揮神筆。一斲成風運巧斤。
騷壇管領久蕭蕭。只賸蛩吟慰寂寥。共唱夏聲銷虜祲。詩人亦有霍嫖姚。
達人何意事雕蟲。下筆不求點染工。留得一言移世運。立功立德此心同。

胃病三日　五首

五四、六、十七

進食三回吐哺三。臥身北向又朝南。竟憐喘息時機少。重負惟憑瘦骨擔。
國手元來識病因。十年爲我藥投頻。此番縱少回春意。診斷殷勤仍感人。
珍惜人生少壯時。朝親藥石夕驅馳。而今臥病二三日。酸重綿延到四肢。

注：晉書：浮氣流腫，四肢酸重。

終宵坐臥未成眠。燈暗鷄鳴欲曙天。數十年間興廢事。剛成追憶又茫然。
病時思索不尋常。蝴蝶莊周兩渺茫。生死未嫌天地窄。遡游宛在水中央。

菲律賓嬀汭五姓聯宗總會三十週年紀念

五四、七、九

虞舜聖功垂宇宙。綿延五姓幾千秋。宗親敦睦倫常重。血脈衍承氣質優。異國居然成總會。故鄉正是亂源流。長留海外終非計。攜手運籌定九州。

注：嬀汭五姓爲田胡陳虞姚，皆爲虞舜後裔。

碧潭遣興 十首

五四、八、四

五絕二首

潭水碧如染。山嵐翠欲流。淺嘗人欲醉。方寸漾虛舟。

無意尋幽去。忽然到此來。問予何所得。衣帶白雲回。

六言二首

兩岸青山對出。一潭碧水長流。也有神仙福分。縱然半日淹留。

老杖點殘苔面。小舟漾破潭心。臨水登山盡興。不隨人世浮沉。

七絕四首

依舊源頭依舊溪。沙洲露面岸痕低。颱風過後無情雨。冲破下流攔水堤。

曾因歌舞建樓臺。今日樓臺佛殿開。一掃繁華歸寂淨。菩提聖樹倚雲栽。

注：碧潭樂園歌舞廳，今改作大佛寺。

大衆樂園倚嶂開。山光潭影共徘徊。遣情最是黃昏後。燈火星星照綠苔。
勝地如斯遊客稀。釣竿幾處下漁磯。一舟難盡江山興。明月清風送我歸。

五　律一首

炎熱逼城市。清涼此處尋。孤雲時起伏。小艇自浮沉。臨水歎如逝。入山恨未深。有家歸不得。欲碎別離心。

七　律一首

碧潭遠接烏來水。終日潺潺不住流。自有淵源天際樹。從無靜止海東頭。飽經世上滄桑變。銷盡人間今古愁。大佛寺邊名勝地。留供雅士建高樓。

注：碧潭樂園有大佛寺。

題友人合歡山攝影

五四、八、廿二

臨下千峯拱。畫圖潑黛濃。到處龍蛇見。終年雲霧封。嶙峋崖上石。蒼老澗邊松。放眼從西望。家山路萬重。

夏聲雜誌一週年雜詩　八首

五四、十一、八

自春徂夏又臨冬。文賦詩詞潑墨濃。開俗正心風滄蕩。持情率性語從容。如斯逝水長相別。所謂伊人竟未逢。久泊炎方生意淡。家山回首路千重。

無端鎮日吐心聲。簡册零星筆硯橫。徒有謳歌傳地角。却無諷諭動天京。江南詞賦庾開府。楚國離騷屈子平。文字何能回刼運。可憐亂世兩書生。

注：辭源：地角，地之盡處也，地形狹長伸出海中者。

文人自古總相輕。幾見士林肝膽傾。估價千金珍敝帚。聞名四海盜虛聲。溯源異趣成仇敵。結黨同根稱弟兄。天下爲公行大道。獨來獨往氣縱橫。

荒唐武俠盜文名。到處笙歌奏鄭聲。覺海無邊迷指引。生民有欲巧逢迎。阿其所好山河頌。徇己之私月旦評。大雅衰微天地閉。誰持犀筆掃欃槍。

注：臺灣目下武俠及風情小說，最受社會歡迎。

儒稱堯舜與人同。佛教眞言色相空。清淨虛無超象外。危微精一入環中。千秋盛事流傳廣。萬丈靈光禮遇隆。祖業輝皇甘廢棄。江湖痛哭有衰翁。

寂寞斯人我亦憐。暗燈禿筆理殘篇。萬言可待埋頭寫。一字未工盡力硏。誰謂蠹藏書卷裏。自驚霜落鬢毛邊。謀生今世元多術。只是詩文不值錢。

經世文章應運生。惟將歌詠發心聲。興觀群怨神情爽。敦厚溫柔心性平。風雅頌分尊體制。美眞善合見詩情。人間何處尋天籟。天籟銷沉萬籟鳴。

詩文小技属雕蟲。屠狗功名歌大風。楊子談經投閣後。韓公原道解嘲中。自知荼薺苦甘異。誰謂薰蕕香臭同。寂寞聖賢終寂寞。英雄羮酒論英雄。

議壇 二首

五五、元、二

洋洋盈耳語由衷。力竭聲嘶計已窮。尺短寸長時地異。曲高和寡古今同。薄其稅歛軍儲少。取盡錙銖杼柚空。事事爲民言疾苦。迂疏忤世一愚翁。

吉人藹藹故癡聾。聞問疏慵冀北空。正氣蕭條形勢異。諍言寂寞感傷同。一夫擾擾虛前席。百士唯唯奏大功。昔日高壇新氣象。至今猶繞夢魂中。

吳文獻等三義士，駕登陸艇投奔馬祖，乘機飛台，被敵機襲擊墜海。二首

五五、元、廿、（乙巳除夕）

奔臨馬祖慶安全。乍定驚魂別有天。悲憤滿懷存控訴。義聲震耳待流傳。偕亡不落遺民後。歸順已開風氣先。防護無能遭敵算。知君飲恨萬斯年。

一葉孤舟破浪來。制奸決鬥血盈腮。出生入死山河動。直撞橫衝金石開。正氣浩然垂宇宙。義旗舉矣鬱風雷。茫茫海峽東流水。恨我何從覓刧灰。

台灣氣候夏不熱冬不寒春和秋爽詩以紀之　四首　五五、二、十三

青山碧水古蓬萊。潮信來回浪作堆。木葉不隨秋雨落。野花爭向北風開。

蜃氣紛騰海上來。樓臺明滅逐層開。春容浩蕩舒青眼。夏色光涼潤綠苔。

天神指點燮陰陽。弱水蓬山接大荒。夏日風和冬日暖。不知炎熱與寒涼。

秦皇漢武覓仙山。覓得仙山非等閒。群玉瑤臺隨俯仰。桃源世外不知還。

咏物　四首　五五、四、十

客廳內有盆花盆魚墨虎衣架因成四詠限香字韻

盆　花

日無暑氣夜無霜。紅豔數枝隱草堂。自被斷根除葉後。可憐留得幾分香。

盆　魚

供人欣賞列高堂。食末紛紛亦有香。游泛不嫌天地小。尾搖頭轉目流光。

墨　虎

未識山林草木香。終年眈視鎮高堂。縛雞無力空皮相。惹得虛名只自傷。

衣　架

無端日日試新裝。惹得綺羅滿架香。直至酒闌人去後。凄涼孑立畫廊傍。

丐婦行 有記

五五、六、八

林氏有女名五珠。家住西湖比西子。淡裝已是驚天人。嫺靜清於源頭水。學禮學詩積力深。一生折磨從此起。翩翩公子海外來。萬里情牽女心喜。拜別西湖向東行。埔心鄉村成連理。二九年華綽約姿。一枝紅豔驚遐邇。調琴鼓瑟樂無窮。東鰈西鶼情何已。百年姻緣一年終。一年光陰疾如駛。良人負笈去東瀛。一去消息長已矣。尋尋覓覓年復年。踪影茫茫何處是。阿郎不是負心人。應是海難溺海死。霹靂一聲芳心碎。終日長臥悲何似。細聲泣訴渺難聞。嫋嫋不絕閨房裏。五十餘年孤獨人。廿年乞食遠鄰里。一生凄涼不可問。竟有重金遺床第。匹婦不可奪其志。行其當行止其止。

附丐婦記

杭州林五珠。年十八九。在杭于歸臺灣彰化人謝方嶽。隨謝回臺。住彰化縣埔心鄉舊館村。相處約一年。謝有文名。具上進心。由高雄搭船赴日本求學。以後杳無消息。五珠尋訪無着。刻苦持家。經十二年。赴高雄搭船去日本尋夫。船將啓椗。忽意外得一消息。即十二年前。其夫所乘之船。在臺日航程中。遇難沈沒。遂停止赴日回家。此一晴天霹靂。使其精神失常。沈默寡歡。深居簡出。爲時一年。而蒼老憔悴。判若兩人。五十歲後。成爲沿街乞討之丐婦。民國五十五年五月四日病逝。享年七十有五。鄰人爲其善後。在其床下。發現兩盒珠寶。內金元寶、玉手鐲及珍珠項鍊等。約値黃金六十市兩以上。鄰居擬以此款爲建墓道。樹牌坊。林女與謝生結褵一年。而厮守終身。孤獨顚沛。不改初衷。其純潔貞節。亦一中國式之奇女子也。

遊日月潭 四首

五五、七、十六

七 絶 三首

四面環山錦作屛。雙潭日月合淵渟。閒雲來去心情淡。雨後入簾萬點青。

注：日月潭由日潭月潭滙合而成。

高山盤谷水汪洋。魚躍鳥鳴野草香。到此不談名利事。寧知人世有風霜。

閒雲野鶴兩無心。新寺（玄奘寺）靈光碧影沈。入山深處聞天籟。顧我入山恨未深。

七 古 一首

山外環山列障屛。層巒秀色向天指。白雲簇簇補山缺。悠悠上下無定止。文武廟開香火盛。玄奘寺高更足紀。番社依稀存舊容。觀光高樓連地起。好景每藏高山中。高山難求浩瀚水。臺灣原是美麗地。日月明潭潭眞美。阿里山高澄清湖。風景佳勝難與比。顧我一生遭喪亂。大江南北勞轉徙。蟄居炎方十七年。鐘鼎山林無一是。安得潭傍三間屋。狩獵垂綸耕谷鄙。青山碧水樂餘年。養斯老斯亦幸矣。

哀功狗——爲大陸整風而作

五五、七、十八

飛鳥未盡藏良弓。狡兔未死烹走狗。漢皇英明尚如斯。況爾主子是亂首。依附亂首盡其能。天涯地角供奔走。騙人使盡如花筆。罵人使盡鼓簧口。打人使盡爪牙力。殺人使盡血腥手。卅年往事夢如煙。可憐功狗今何有。昔日出處失謹嚴。誤入迷途亦已久。欲從迷途還大道。不知頭顱猶在否。

紅衛兵

五五、八、廿九

動搖雲漢小欃槍。大地擾擾紅衞兵。打家刼舍作兒戲。民命民財一毛輕。行見兆民橫迫死。何只小貧與大貧。德國納粹何足比。清末拳匪不同倫。嗟爾元兇澤東毛。千萬頭顱飲寶刀。如今楚歌四面起。廿年恐怖亦徒勞。功人功狗叛離後。血腥之手付兒曹。十七十八小兒女。人爲魚肉爾刀俎。他日爾爲魚肉時。將從何處覓墓所。

山寺小憩 二首

五五、十、廿五

金剛怒目失虛涵。彌勒中和一笑堪。初坐蒲團難入定。手持大藏（大藏經）靜中看。

焚香頂禮面禪龕。是色是空暗自參。去住天涯關氣數。近來無夢到江南。

五五、十一、十九

觀光旅館

一飯居然值萬錢。聲歌已覺不新鮮。輕肥裘馬尋常事。微祿閒官最可憐。

五五、十一、十九

哀大陸文化大革命 四首

五五、十二、十八

匹夫草莽創新朝。得志飛揚氣勢驕。功業秦皇輕古代。富強俄帝薄今朝。一人思想封寰宇。到處哭聲咽夜潮。離德離心原有自。中原風雨正飄搖。

結群呼嘯動燕京。造反乞靈紅衛兵。牛鬼蛇神隨地舞。寡鰥孤獨向誰鳴。艾荊何種分良莠。（五類七黑）涇渭無由辨濁清。（造反有理何辨清濁）如此山河如此刧。生離死別兩吞聲。

應識集權積患深。當時功狗早離心。文章何罪投寃獄。孺子可欺入御林。（紅衛兵）一代人才全毀棄。萬年天寶半銷沉。獨夫思想誰爭價。一線光明無處尋。

中華文物久馨香。萬國仰承魯殿光。敦厚溫柔開後代。危微精一接先王。少年數典忘宗祖。豎子成名亂紀綱。漢族洪爐鎔鑄猛。披沙百鍊轉成鋼。

毛林奪權受阻 三首

五六、三、十九

獨夫思想迫人同。語錄狺狺未奏功。敢怒敢言隨處是。半生心腹各西東。

注：大陸強迫人民讀毛澤東語錄。

大權墜落獨夫驚。固位乞靈紅衞兵。造反半年天下亂。文爭武鬪兩無成。

武鬪文爭無一成。奪權惟有動刀兵。反毛反共風雲會。據地稱雄血滿城。

賣豆漿燒餅歌為孫霂恩賦　有序　五六、四、二

孫霂恩先生江蘇阜陵人。曾任阜陵一所完全小學校長。後參加剿共。官至少校營長。來臺後退役。在鳳山鎮開設第一家豆漿店謀生。後移設臺中市。日做豆漿一缸。燒餅幾爐。賣完為止。高臥不出。閒來無事。吟詩作詞。門前貼一聯云「室比前人添一斗」「樓觀對面起三層」橫額曰「二斗軒」因彼有一座小店。另有違章住宅一所。故自題為二斗軒云。陳定山先生過其門讀其聯而奇之。一日見楊亦景教授與孫霂恩在馬路邊閒談。陳、楊係鄰居。陳因楊贈孫七律二首。孫依韻和之。臺北各報曾有登載。孫妻梅氏。子一。肄業初三。女一。即將畢業國小。自食其力。甚為自得。

雞鳴而起換白裝。茅店生涯不尋常。石磨推挽千百轉。黃豆研碾流銀漿。摩挱白粉忽成餅。火爐烘烤斗室香。天明路人紛紛至。飲漿持餅滿草堂。日午閉門謝賓客。半日休暇半日忙。憶昔翩翩少壯日。學書學劍兩擅長。上馬殺賊何威武。故園弟子傳芬芳。三十年事夢如

煙。收拾放心隱市廛。淡泊寧靜常自得。讀書吟詩樂餘年。

注：摩挱，手撫摩也。韓愈詩：誰復着手更摩挱。

蘇聯公主史薇拉娜投奔自由　二首　五六、五、十八

此身眞不幸。偏屬帝王家。已碎椿萱夢。（母死因不明父死不得善終）復凋棠棣花。（兩兄皆死於非命）結褵鴛牒杳。（與印度丈夫結婚蘇聯共黨及政府不予承認）奉骨路程賒。（將丈夫骨灰送回印度）久困樊籠裏。淒涼夕照斜。

暗地藏身久。欲爭日月光。父行何暴戾。政令更荒唐。（不承認其結婚）翹首天神遠。（自歎在共產政權下無神啓示）痛心人性亡。自由知可貴。從此任翺翔。

望大陸　二首　五六、七、二

故鄉離別後。終歲白雲封。殺氣連千里。哀聲動九重。招魂頻作賦。禮佛每鳴鐘。生死無消息。天倫夢裏逢。

可憐蠻觸戰。氛祲滿神州。父老幾人在。甲兵何日休。雙眸迷北望。孤柱砥中流。廿載空磨劍。晨昏獨倚樓。

故人過訪　二首限逢韻　五六、八、十五

四十年前事。幾曾夢裏逢。秦淮秋夜雨。鷄寺暮天鐘。（南京雞鳴寺）矍鑠身還健。生涯興轉濃。悲歌同慷慨。久坐語從容。

少小一爲別。天涯幾度逢。不因今日鬢。猶識舊時容。有客隨樽醉。無才問世慵。明朝揮手去。秋水又千重。

五六、十一、九

論詩　四首

消除庸俗氣。始可與言詩。溺俗終離雅。惟庸未足醫。嘮嘮人口舌。碌碌己才思。得失存天分。營營何所之。

多士廢吟詠。幾人負盛名。琢雕傷氣質。平典失神明。凄切蟬鳴意。寒涼蛩泣聲。流風歸大雅。繫我百年情。

吾手寫吾口。摛詞貴守眞。時非秦漢世。我豈宋唐人。格調雖維舊。情思自獵新。爬梳當代語。珍惜苦吟身。

境界何遼廓。文章咳唾成。清新秋日淨。凌厲肅霜橫。言摯情無極。氣充勢不平。驚人盤硬語。擲地尚聞聲。

五六、二十、五

和申丙教授老馬詩

老馬久伏櫪。胡爲志千里。莫誇衝陷功。將軍且拊髀。松柏耐歲寒。何如穠桃李。有用必有才。盈虛合天理。行乎所當行。止乎所當止。

日出 有序

五七、二、廿五

戊申正月初二以後，霾雨連旬，至廿七日始見日出，喜而賦之。

一月直尋君。君去無消息。未曾見東升。亦未見西匿。未曾見方中。亦未見斜昃。風雨淒以厲。天地閉而塞。生意俱消歇。百物無顏色。今朝露光芒。欲振嬌無力。久別一相逢。去留尚難測。願君守職位。無使陰霾逼。春意滿人間。祥光照萬國。

論詩

五七、五、七

一日詩十篇。三月一篇無。未必詩才盡。未必詩思枯。古稱詩言志。志與詩同途。無病而呻吟。何人識區區。人云我亦云。何以識眞吾。擧筆附風雅。風雅笑詩奴。無德獻歌頌。歌頌成諂諛。萬言供覆瓿。一語作詩模。

明日

五七、六、十七

昨日之日棄我去。明日之日爲我留。爲我留者日新月異創境界。棄我去者飄飄羽化消煩憂。君不見。黃河水。從天到海滾滾流。海上熱浪連風起。騰雲飛回崑崙邱。又不見。天上月。盈虛消長何時休。下則河嶽識神燈。上則星河泛虛舟。昨日已去未必去。明日欲來未必酬。去來無定位。復始爲一周。久暫無定時。一瞬爲千秋。鵬飛南天鷃雀笑。萍飄方塘乾坤浮。昨日得失兩不計。何心還爲明日謀。

觀畫師張大千長江萬里圖卷

五七、七、十五

滾滾大江去向東。繁華萬里總成空。傷心二十年前事。今對畫圖認雪鴻。

天祥途中

五七、七、十六

怪石奇峯一線天。洞環九曲碧溪連。可憐燕子無消息。小立危欄意悃然。

一月

五七、八、十一

一月所入錢逾千。一月所出近萬錢。出入差池誰補償。羅掘計窮空籲天。道高一尺魔一丈。天理國法兩茫然。廉吏可爲不可爲。家計困窮如火煎。貪吏可爲不可爲。今日案發十年前。自古亂世多薄俸。五斗米俸折先賢。丈夫有爲更有守。奉身如玉臨深淵。

前詩意有未盡再賦廉吏篇

五七、八、十五

廉吏而可爲。清名動四鄰。而不可爲者。子孫窮負薪。貪吏而可爲。纍纍繫金銀。而不可爲者。怨毒結集頻。位高而多金。佼佼壓群倫。一朝鬼瞰室。象以齒焚身。饔飧雖不繼。足使風俗淳。氣節振百世。憂道不憂貧。薰蕕不同器。禍福各有因。何以安吾心。即以全吾神。

周志道將軍，爲徐蚌會戰碾莊戰役，第一百軍官兵殉難，二十週年紀念徵文，賦此誌哀。

五七、九、廿九

臨流爭渡亂紛紛。失色山河又夕曛。一死千秋存正氣。兩呼萬歲答吾君。（劉聲鶴師長殉職時高呼中華民國萬歲總統萬歲）
忠奸平日伊誰見。勝負當年自此分。退處炎荒申悼念。空餘涕淚對愁雲。

曇花開後 二首

五八、七、十六

玉貌冰肌無限嬌。華堂燈下度良宵。知怕美人遲暮感。黯然早別更魂銷。

休笑曇花一現身。片時光彩見精神。繁華未散先言別。遲暮來臨惱美人。

美太空人登陸月球　二首有序

五八、七、廿一

美國十二年來耗資二百四十億美元動員三十萬科學家竟搶先蘇俄於一九六九年七月二十日登陸月球喜而賦之。

驅逐風霆騁碧空。飛船遙落廣寒宮。星辰閃鑠懸天際。彼此從今門戶通。

是秦是楚誰爲雄。月裏鞭先留雪鴻。倘彼蘇俄有人堪駕駛。粉身碎骨廣寒宮。

注：蘇俄搶先發出無人駕駛太空船墜月毀滅。

初秋遊台北植物園

五八、八、十四

六月其徂暑未收。名園朝夕足遨遊。百年椰樹參天地。數畝荷花經夏秋。應是迷離超象外。何來苦樂到心頭。家居咫尺往還易。好景四時爲我留。

中華少年棒球隊榮獲世界冠軍

五八、八、廿六

少年球藝奪天工，一舉竟成蓋世雄。常見英風生腕底。更多妙算貫胸中。馳驅過壘呼神馬。來往飛梭喚逸鴻。小小十餘孩子輩。鷹揚萬里羽毛豐。

歸休 二首有序

柳宗元詩云，一生判却歸休，爲着南冠到頭。蘇軾詩云，暫着南冠不到頭，却隨北燕與歸休。讀後不無感慨。率成二章，用休字韻。

五九、六、廿五、於臺北、下同

一着南冠直到頭。百年何處問歸休。江南三月勞春夢。臺嶠廿年動客愁。世亂最宜明出處。才疏詎敢計沉浮。貧而不賤常稱意。我素我行安所求。

天涯獨怕月當頭。碌碌因人應早休。萬死投荒長飲恨。一生作客未消愁。茫茫華夏春秋換。浩浩乾坤日夜浮。待罪車塵猶不及。此身以外復何求。

陳霆銳先生爲其香姬周雲方女士徵詩賦此以應

五九、十、十六

人生自多情。老淚流不息。此翁何所思。乃在東海側。姑蘇多阿嬌。農家出傾國。冰雪立高標。桃李失顏色。學文何神速。持家盡婦德。待人具慧眼。決疑見神力。離合會有時。佳人不再得。風雨催春紅。彼蒼曷有極。曇花不終宵。色空渺難測。哀哉李夫人。姍姍遲無力。他生猶可期。慰翁長相憶。

友人重印紅樓夢囑題薛寶釵

五九、十二、十六

孤星閃爍薛家門。老幼依依語色溫。頭角崢嶸天有象。胸懷磊落夢無痕。接歡雅俗延佳譽。承寵癡頑欠慧根。賈母未明兒女意。惟憑己見定乾坤。

哀王松筠女史

六〇、一、十六

洋溢聲名小畫師。丹青妙手見清姿。人間歲月經時少。（得年廿六歲）海外生涯歸國遲。（返國八十六日逝世）繪筆封塵今已矣。長才迫命竟如斯。劇憐阿父悽愴甚。三十四篇悼女詩。（其父王大任先生有悼女詩三十四首）

和寒山詩　三〇七首步韻并依其次序

六一、九、一五

中國詩季刊，本期出版寒山詩專號，余撰寒山詩評一文，除研究寒山各問題外，並將其詩三百餘首，反復誦讀，其中亦多佳構，選了三十餘首，加以品評。楚石、石樹和寒山詩，青出於藍，不少精到突出之作。在思想上與技術上，承繼寒山，共樹一體，因而引起余之好奇與興趣，繼楚石、石樹而作和詩，藉以測驗余詩思之深淺，詩才之高下，歷一月而成。余素不願作和韻詩，以其拘束思路，最易流於湊泊。此次和寒山詩，分量過重，險韻亦多，糟粕泥滓，在所不免。余和詩三百餘首，主要論點爲人生哲理，社會眞相，儒釋道主旨，大陸現況，台灣情形，及反攻復國人士呼聲，與寒山子、天台、寒山之懷念與追憶，作爲雜詩性質觀之可也。文字方面，配合寒山詩體，極求通俗，但力避傷雅，成爲俗雅間一種詩體。

一

刺史遠尋君。君去無蹤跡。殘餘竹筒飯。磊落寒山石。心身求解脫。耿耿不可易。小我已不存。何事問損益。

二

人在飄渺中。心如明月淨。天籟處處聞。無邪自端正。未受汚泥染。可貴存天性。冷熱各適身。不必看時令。

三

哲人不同世。何處訪遺蹤。天台風浩浩。華頂山萬重。溪流魚戲水。月明鶴巢松。塵世多歧路。何去又何從。

四

殺氣閉天地。人命豈長保。哀哉亂世民。可得幾年好。避地遵海曲。憂傷以終老。遺民多耆宿。南來存吾道。

五

雙手拿日月。九州始明潔。今無旋轉手。有話何從說。

六

孤島寄老骨。今夕是何年。來日世多難。往事夢如煙。空唱歸去也。血淚墮罇前。翹首海西岸。愁雲蔽青天。

七

繁華事消歇。春意正闌珊。短笛何處吹。長鋏歸來彈。年老幸少病。衰鬢鏡中看。海角鄰南極。隆冬不號寒。

八

京都誰家子。策馬穿垂楊。弓箭持在手。飛騰護梯航。吐氣崑崙頂。山海色玄黃。倜儻不一世。偎紅索酒嘗。

九

寂寂寒巖道。往來數十年。溪流拍岸水。山罩補天煙。洞壁頭難學。路泥屐不前。鳥聲傳谷口。隱士石床眠。

一〇

此心如日月。九州同光耀。信義守長期。自得肝膽照。磊磊存至誠。巨細無奧妙。無入不自得。天機爲樞要。

一一

明哲居隱淪。素衣絕緇塵。虎豹長作伴。禽鳥樂爲鄰。盡其所在我。寧淡不求人。風雪幽棲處。常見大地春。

一二

心與性相隨。無爲始有爲。小犢不畏虎。黃口羨稚兒。鴳雀翔蓬蒿。大鵬徙天池。棲息泛宇宙。何苦求一枝。

一三

聖哲立高言。光華耀九州。孔門集論語。莊子逍遙遊。大椿八千歲。朝菌一晌收。川上水東歸。何時向西流。

一四

少年仗書劍。無人不識君。韜略未受賞。從何樹功勳。命薄困此子。天昏喪斯文。遇窮詩更工。得失何足云。

一五

人死貴速朽。何須用棺槨。人死不用錢。何須金銀箔。人死無升沉。何須乘白鶴。生也愁如結。不如死去樂。

一六

山窮無處去。峯迴路又通。溪狹水激盪。林深樹朣朧。東西出聖哲。心同理亦同。宇宙問消息。盡在有無中。

一七

白石蹲遠近。涼風搖竹木。幽人性好靜。朝夕守空谷。殘飯與菜滓。日迫毛髮禿。快活住寒巖。何曾有茅屋。

一八

無郭亦無城。寂寞隱淪情。豺虎覓人食。狐兎毀墳塋。干戈久未息。處處有哭聲。天地付一瞬。何勞存姓名。

一九

仙鶴受豢養。華表不得歸。既未翔松林。亦未親庭幃。進退兩失所。憔悴惜羽衣。鳩鴿冷視笑。日夕蓬蒿飛。

二〇

整理綺羅裳。焚香待之子。兩情誠歡洽。投桃報以李。團扇持在手。最怕秋風起。今日芬为質。明日成泥滓。

二一

貧賤肆志多。富貴豈羨他。吟蟲溪畔叫。候鳥林中過。騷人發高詠。壯士起悲歌。悠悠百年身。靜在閒中過。

二二

蘭桂誰育培。蕭艾誰夷芟。十日九風雨。前途竪巉巖。羊善豺虎噬。鷄弱鷹隼銜。救世無法術。癡人語喃喃。

二三

相携往海曲。何所爲而來。乾坤失挽持。徒傷鬢毛催。方寸久已亂。襟懷向誰開。故鄉雲霧裏。一日望幾回。

二四

一住數十年。事物不新鮮。無酒人長醉。往事夢如煙。中原彌殺氣。義民更可憐。憑海西北望。夜深未能眠。

二五

渺小稱壯大。缺漏名奇偉。持躬失清明。懾世弄神鬼。風雨久晦冥。鷄鳴可奈何。傾陷無力挽。夜半起高歌。

二六

避世到炎方。一住數十載。故國何蕭條。親朋幾人在。日月失光輝。雲霧長靉靆。新貴滿京華。憔悴舊冠蓋。南來存吾道。顛沛應未改。

二七

胸中無俗慮。日作山水遊。四時花開卸。一雨即成秋。常覺熱騰騰。絕少寒颼颼。雅興寄寺院。暫消半日愁。

二八

邯鄲多少女。歌舞聲悠揚。顧曲客滿座。鼓吹（西樂多鼓吹）不能長。席罷人終散。情懷却未央。夜闌歸閨閣。明月照空床。

二九

人踪不可見。何來有車馬。禽鳥飛深林。猛獸走曠野。日月無私澤。普照寒巖下。刺史亦多事。到此求隱者。

三〇

未曾知有我。何來人識君。不傳亦不受。無說亦無聞。一手掩白日。兩足踏烏雲。心境止如水。默默絕塵紛。

三一

寂寞巖石居。往來人跡疏。樹深可藏鳥。水清則無魚。野蔬堪充膳。雨後秉耜鋤。學問常誤我。悔初多讀書。

三二

塵世多歧路。楊子哭途窮。竹杖拂餘靄。木屐踏空濛。峯高雲致雨。谷狹虎生風。萬籟轉沉寂。心在水聲中。

三三

庸庸有厚福。才高何足論。攀龍出屠狗。善士守寒門。日月悄然逝。天地爲之昏。可憐守道者。一身竟無裩。

三四

寒山鬱嵯峨。溪流清無波。初秋聞蟬噪。暮春聽鶯歌。心身兩不疲。何來愁苦多。隨寓而安居。貧賤奈我何。

三五

山中閒無事。日坐溪水濱。祇見噪林鳥。未遇尋幽人。養我淡泊性。還我自在身。松柏經歲寒。又挼六合春。

三六

與世多違忤。自遭俗眼白。衣食尚不周。生存受煎迫。既乏半頃田。亦無一畝宅。凄凄何所寄。百年哀騷客。

三七

切除煩擾絲。世事少認眞。遣愁正添愁。愁終不離身。坐視雲鬢改。空待物候新。寺院難久寄。荒山夜歸人。

三八

天地是舞臺。人生眞演戲。蝸角蠻觸爭。焉知身是寄。有生誰云樂。無生且無累。堯舜與盜蹠。皆爲世所刺。

三九

三月蠶桑女。提籃摘野花。依岸弄楊柳。臨溪捉蝦蟆。採薪古柏樹。充膳玉筍芽。問卿何處住。橫塘是吾家。

四〇

貧富無常期。今年比昔年。昔年貧如洗。今年大有錢。有錢身多累。無累不如前。惶惶華屋處。寧寄野樹邊。

四一

辛苦成家業。艱難子繼承。倉庫積粟米。與民爭斗升。食前羅珍錯。被服裁綺綾。營營何所似。逐臭一青蠅。

四二

屬文裁詩體例新。才氣橫溢無比倫。聲名雀噪推後起。議政論道薄古人。一朝得志失舊守。可憐素衣化緇塵。立功立言首立德。有才無德何足陳。

四三

海運徙南冥。六月始一息。積氣適千里。三月聚糧食。小雀圖遠飛。力竭心慘惻。毛羽摧落盡。歸來無人識。

四四

寒巖石落落。幽人在其中。誰是知己者。豐干與拾公。行狀千古異。性格三人同。詩情與野趣。流傳永無窮。

四五

不癡不入迷。入迷始有悟。領悟能澈底。惡事無心做。入迷不復返。其中必有故。忠厚存心曲。應獲慈航渡。

四六

京洛出妖女。終日不知愁。弄姿倚市門。競唱木蘭舟。每邀王孫寵。誰憐季子裘。旦夕繁華逝。零落息山丘。

四七

戰禍降兒童。無父亦無母。流離道路間。垢面而蓬首。來日尚多難。何人善其後。破衣不蔽體。充飢殘麩麩。

四八

雨過林壑淨。日出雲霧消。入耳無俗韻。心身絕塵囂。長嘯出谷口。低吟過野橋。石竈不舉火。何用水一瓢。

四九

尺短取其用。寸長合物宜。四季氣消長。日月見盈虧。有名復無名。無爲且有爲。今日龍鍾客。昔年黃口兒。

五〇

壽夭有定分。貧富久不均。在天爲星辰。在地爲埃塵。廣寒豈畏暑。陋室少逢春。形勢遵天命。升沉不由人。

五一

涼風摧落葉。斜陽照古道。昨日美如玉。今朝告衰老。運會亦有時。榮華豈長保。幾生憑修持。長住蓬萊島。

五二

日月如輪轉。朝夕不暫停。雲開天皎潔。風雨晝晦冥。春發花鮮艷。霜降草凋零。時勢註命運。盛衰我曾經。

五三

中原尚紛亂。東來不計年。兒童皆長大。故老入黃泉。久留外藩地。未復漢山川。王師北定日，爲我解倒懸。

五四

哀哉中原人。日坐干戈裏。安全失屏障。驚心逆浪起。一身難自保。何以顧妻子。可憐天地窄。惴惴不能已。

五五

家鄉莫容身。破涕如散霰。東地移西疆。南州謫北縣。聚居皆雜族。親故不得見。秋去春歸來。何如梁上燕。

五六

天寒無衣穿。腹飢無飯喫。有話不敢說。欲行足乏力。窮人未翻身。解放徒掩飾。怨恨無已時。鬥爭何時息。

五七

可憐逆天人。處處顯威稜。恐怖爲手段。欺騙成萬能。血仇結深恨。殘酷無親朋。長夜黑暗裏。何時見明燈。

五八

歲寒早來臨。陽春應可待。百里半九十。此心耿耿在。所求意志堅。不愁鬢髮改。朝斯夕於斯。精衞終塡海。

五九

農家有少女。年可十七八。力微圖高薪。匆匆城市仿。粪飯燒素菜。鷄鴨不敢殺。五日三試工。去留未能決。

六〇

獨裁必專橫。專橫蹈覆轍。矛盾求統一。同黨鬧分裂。狠毒出天性。你死我難活。當年攀龍輩。先得受誅殺。

六一

猛獸居深山。張牙毛髮髮。羣獸聞虎嘯。惴惴不敢行。到處龍蛇鬥。何祗蠻觸爭。弱肉成強食。誰爲抱不平。

六二

五嶽何蒼蒼。九州何茫茫。強暴據當道。良善立徬徨。鸞鳳棲草野。鴟鴞居高堂。視死不能救。遊子淚淋浪。

六三

京洛小兒女。歌場賭華麗。綺羅不及臀。明珠籠長髻。高視目無人。側立獨睥睨。放蕩恣歡譃。何能得佳婿。

六四

昨會華園里。今約南山陲。破琴殷勤弄。短笛信口吹。無錢買鴛馬。安問黃金鞒。兩小纏綿意。莫敎阿娘知。

六五

蛺蝶戲嬌陽。小園百草香。饒舌怪鸚鵡。顧影羨鴛鴦。束腰翡翠帶。露腿鳳凰裳。風雨晚來急。花容起驚惶。

六六

人間無鬼魅。何用自驚懼。鬼爲何而來。鬼爲何而去。姦邪受天譴。公正有神助。天理與正氣。長存方寸處。

六七

日月照晝夜。輪迴兩不息。天地無止期。人壽有終極。翱翔九萬里。鵬有垂天翼。鷽鳩搶榆枋。欲振已乏力。

六八

大海走孤帆。安危賴舟子。逆浪阻前進。後浪難中止。四顧水茫茫。離岸千萬里。迷航尋明燈。從頭再做起。

六九

先賢雖有作。還賴後生述。道統由薪傳。學問由此出。愚魯晚成器。天才多夭疾。昨日未可留。珍惜在明日。

七〇

工夫循序進。見異莫思遷。無我即爲佛。存機不成仙。花到艷時卸。月從缺處圓。何由脫苦海。心與道相連。

七一

步行兮野徑。清水兮濯纓。尋芳兮雲起。崎嶇兮孤征。年華兮逝水。老大兮無成。獨立兮厓岸。守身兮廉貞。

七二

好生天地德。胞與盪胸腸。酒肉脾腹臭。菜蔬齒牙香。壽夭非命定。禍福由心藏。善惡終相報。愼投鑊烹湯。

七三

混沌不喫飯。亦不遺屎尿。倏忽圖報德。一日鑿一竅。七孔方鑿成。食息少情調。可憐元氣消。死去無人吊。

七四

身寒乏綿衣。腹飢無飯顆。貧窮長壽考。富貴多災禍。天網豈疏漏。種因必獲果。自古博愛主。爲人不爲我。

七五

農夫治阡陌。善人耕心田。秋泓見止水。長柱無急絃。功名甘落後。道義爭居先。死生端由命。窮通應在天。

七六

敬祖干妖僧。醫病乞巫婆。在躬清明少。存心奸詐多。滿口酒肉臭。持經唸彌陀。自甘居下流。佛祖奈汝何。

七七

智爲愚所愚。駿馬不如驢。敏捷孫猴子。蹣跚八戒豬。色相歷歷見。俯仰成空虛。蓬萊飄渺地。謂有仙人居。

七八

讀書明禮義。爲官守清廉。胸襟常磊落。與人無猜嫌。素衣絕緇塵。菜根味自甜。溪聲雜鳥語。日夜聞不厭。

七九

萬籟無聲息。神怡不多言。溪漲岸痕滿。風來樹聲連。園蔬佐粗飯。山茗煮甘泉。餘生老邱壑。國事付少年。

八〇

庸愚未識事。無益害有益。君子志於道。顛沛不移易。爲善受近刑。爲惡登仙籍。孔子聖之時。猶獲陳蔡厄。

八一

熟讀廿五史。窮研十三經。連翩馳名士。入門無白丁。紅日照萬象。皓月拱羣星。明湖放歌罷。醉踏高峯青。

八二

夜來松林清。雲開月華白。物靜耳如塞。心閒境逾寂。

八三

朝日方東升。紅絲散成綺。光芒射中天。氣流化爲紫。羹飯當作爐。晨眠當作被。大德何巍巍。有爲亦若是。

八四

寂寂草石居。幽臥少見聞。笠障淋身雨。手撥蓋頭雲。風動樹傳響。氣清衣絕塵。草深疑無路。來往世外人。

八五

怕從京洛化緇塵。百歲寒山寄此身。香爇淨衣謀一面。豐干拾得結三人。死生何必論修短。貧富無須問假眞。哭笑瘋狂名隱士。詩題竹木筆傳神。

八六

心與天相印。脫略名與利。既不笑鄙賤。亦不招華貴。叱咤河嶽神。呼吸大噫氣。咫尺隔天涯。遠行萬里至。環中左右轉。度外生死置。自身未立業。何苦賴後嗣。小知害大知。若愚成大智。

八七

因財結怨毒。可憐富家子。財聚則人散。無益還害己。象以齒焚身。禍變從財起。鳥雀謀稻粱。鬬死樊籠裏。

八八

義士散千金。轉憐守財奴。貪吝長相伴。忽忽身乃殂。富貴莫強求。嗟爾命何辜。陶朱散家私。可爲世人謨。

八九

碌碌無一是。鐘鼎與山林。四知長隨我。暗室不虧心。

九〇

山凌蒼穹高突兀。中有石壁闔一窟。風吹隙孔寒飀飀。幽人高臥神恍惚。更無地籟嘈嘈語。應少世間塵埃汨。獨來獨往數十年。寂然胸中了無物。

九一

大地何茫茫。日月黯無光。夜與寃魂語。野哭遺恨長。倒懸無人解。我心實憂傷。昔日燒殺手。稱帝又稱王。

九二
刼數衆難逃。彼蒼曷有極。乾坤將傾陷。誰示旋挽力。有衣無人穿。有飯無人食。慘慘臨窮途。落日照顏色。

九三
纍纍盈倉穀。耕者不能有。鬥爭毀家庭。配額成夫婦。服裝人人同。男女無美醜。一紙下放令。各自東西走。

九四
土法用煉鋼。文士治鑪冶。勞動名改造。都被磨折者。生命不值錢。鞭策過牛馬。窮人想翻身。呻吟鐵蹄下。

九五
家庭搞鬥爭。不敢托妻子。骨肉變仇讎。行動不由己。天南至地北。盡爲地獄滓。凄凄滅人性。慘慘喪天理。

九六
浩刼未受害。沐浴拜香檀。遣興憑詩書。養身備藥丸。頓悟窮通理。進退甘自謾。出世誠未易。尤驚入世難。

九七

清靜息波瀾。止水在古井。用規而範物。以人當作鏡。忠恕存心田。嚴肅守本性。無爲無不爲。不爭亦不競。

九八

當面絕討好。存心有天知。中庸合人理。遵用甚相宜。處人辨善惡。論事明是非。責任屬諸我。權利總歸伊。豈可人無儀。相鼠尚有皮。

九九

人懷浩然氣。直養塞兩極。生也有自來。何費吹噓力。振翮飛咫尺。閉門長歎息。稻粱滿階除。掉頭不肯喫。

一〇〇

善惡若不分。堯蹠亦相比。惡木有良枝。黃河見清水。有死應有生。無生即無死。瑕瑜常互見。難求玉盡美。

一〇一

國難殊未已。無力制侵陵。央央今何慕。區區安足稱。側視踞豺虎。俯瞵飛隼鷹。昔爲人所羨。今爲人所矜。

一〇二

立身何坦蕩。赫赫大丈夫。語言盡蹇諤。左右絕佞諛。吹噓喚雲雨。咳唾成美珠。昂昂千里駒。不作水上鳧。

一〇三

惡惡不能去。不用徒善善。耿耿此心在。非席不可卷。幾次語還休。直知交情淺。松柏經歲寒。忠貞始可見。

一〇四

繁華易消歇。顯貴徒炫煌。墓門生荊棘。零落山丘傍。用之爲人行。舍之爲人藏。用舍操在我。百世有餘光。

一〇五

野有潛光士。博學善綴文。聲名自掩抑。誠恐世識君。耿介懼同器。索居離人羣。深山何所有。雨雪落紛紛。

一〇六

山深幾人到。林鳥語細微。徑荒荊擾屐。草長露霑衣。秋來蟬噪樹。冬至葉辭枝。幽居絕人事。高臥無所爲。

一〇七

年老減肉食。胃病棄煙酒。風月清耳目。松竹侍左右。芳草滿庭院。流光入戶牖。一時詩興發。連得三五首。

一〇八
謀國明敵友。事齊抑事楚。社稷苟有托。人民安其所。敬恭維桑梓。上帝福降汝。忍讓稱良相。上下無齟齬。

一〇九
陰陽互孳生。禽鳥分雄雌。雄雌相匹配。出入兩相隨。銜尾青萍岸。振翅綠水湄。不羨垂天翼。一息到天池。

一一〇
世有儒服子。口不離周孔。拘迂坐兀兀。謹厚語侗侗。新潮澎湃來。受之心不動。他爲人傳道。人稱他懵懂。

一一一
野蔬帶雨鋤。幽興寄山居。冠帶棄置久。廟堂禮教疏。健身勤手足。遣懷讀詩書。得失兩無心。結網非羨魚。

一一二
鷄鳴多風雨。憂恨何時止。外力不可恃。萬事求諸己。負重作牛馬。疾馳爲騄駬。一身繫安危。天下稱善士。

一一三

傲岸拙事上。一生怕作官。體弱忌習武。全身無刀瘢。福禍靡常期。升沉一例看。急流應勇退。因人成事難。

一一四

有所短爲尺。有所長爲寸。長短貴適用。尺寸兩無困。本質原不同。作用在安頓。物各得其所。何愁亦何悶。

一一五

丈夫八十四。娶妻四十八。歲數兩倒置。夫富妻輕滑。夫瘦餘皮骨。妻肥稱婠妠。三月老夫死。未用利刀殺。

一一六

小人殉錢財。不辭面皮厚。衣帛實倉廩。金珠量升斗。門庭充食客。呼諸鷹功狗。一朝繁華散。各自東西走。

一一七

白雪紛紛下。誰憐寒巖人。路阻戚朋遠。山深麋鹿親。守貧明大道。存性見天眞。放心不逾閑。拜佛習經精。

一一八

稻穀熟滿倉。田家各喧歡。野花插烏鬢。旣醉復傾罇。肥美鷄豚肉。一席盛數盤。翁姑防衰老。冬喫補藥丸。

一一九

清風自東來。明月到庭院。怪石惹人愛。奇花曾入選。香几茶幾杯。手中書一卷。陶然羲皇民。無意立南面。

一二〇

尚無退隱意。漸與冠蓋疏。論事重原理。一隅反三隅。天地爲床褥。雲霞作袴襦。粱肉不敢近。日食間青麩。

一二一

元龍豪氣在。高臥百尺樓。羞列凌煙閣。恥封萬戶侯。每爲天下計。憂樂到心頭。性情偏耿直。恨殺曲如鉤。

一二二

昔年名勝繁華地。祇見跳梁狐鼠遊。地濶草深蟲唧唧。天寒日暮鬼啾啾。哀時有淚鵑啼血。平亂無能雪蓋頭。倦眼頻開遙北望。巨濤滾滾向東流。

一二三

爲官得微祿。不足買柴米。妻子養不活。遑言贍兄弟。艱難守廉貞。未免貪心起。一貪失清明。從此無止底。

一二四
學而優則仕。仕久未娶婦。回家理茶湯。廚下親動手。明月照空床。此生亦何有。我躬尚不閱。遑言恤我後。

一二五
下月薪未發。本月薪已無。就人問借貸。欲言立踟躕。貪污入陷阱。固窮是丈夫。爲惡無近刑。社會辨賢愚。

一二六
公務俸祿薄。貪污有幾個。他人炫奢華。自己守轗軻。富人酒肉臭。不識窮人餓。陽春白雪曲。贏得誰來和。

一二七
爲作嫁衣裳。侍上心苦耐。做事合規律。文筆惹喜愛。禮義爲進退。善惡分向背。一朝強退休。可憐寒酸態。

一二八
讀書二十年。少小博文史。從政三十年。濟濟稱多士。俸薄難養廉。惜未秉耒耜。一技足養身。儒冠眞害己。

一二九

風塵挾書劍。長安不易居。薪米如桂玉。日爲飢寒驅。仕籍登豈易。草澤多遺珠。寒士庇廣廈。心身潤如酥。

一三〇

故鄉歸不得。四海即爲家。浪跡天涯遠。漫遊海角賒。人生原是幻。狂風掃落花。果實且不顧。何心問萌芽。

一三一

遙望海西岸。故園幾萬里。海上波浪惡。着陸煙塵起。蓬萊寄社稷。樓閣修經史。漱石堪勵齒。枕流可洗耳。

一三二

求知明事理。讀書廣識見。見微而知著。由近以致遠。歸去衆所欲。客死豈吾願。遺留大陸人。何時得再見。

一三三

草徑帶行客。蒲團坐古庵。桃花紅灼灼。柳絲白毿毿。細雨梳青草。明月印碧潭。渡海多名士。吾道到天南。

一三四

白雲封故關。親朋在何許。可憐蘆中人。孤舟匿洲渚。欲作衝天飛。不幸箭傷羽。用力不從心。默默我何語。

一三五

紅羊禍中原。死傷不可紀。羊有跪乳恩。虎毒不吃子。狠毒伸魔掌。殘殺何時已。故國二十年。破碎竟何似。

一三六

人身入老境。健康宜自審。起居有定時。飲食謹愼甚。肥肉不可食。烈酒不可飲。細嚼粗米飯。多食園中葚。

一三七

工廠集少女。日夜事紡織。一人八織機。推挽依電力。工業科學化。女工元不識。僅知染色後。悅目好顏色。

一三八

擔當天下事。後樂而先憂。得意何用喜。失意何用愁。山河告破碎。收拾待從頭。同心渡彼岸。國亡萬事休。

一三九

海上懸明燈。迷向猛回頭。誘惑失本性。頓悟去煩憂。佛力心外得。慧光靜中求。哈哈彌勒佛。一笑解千愁。

一四〇

手持龍泉劍。橫行市井裏。禮裼可暴虎。泱沓鬼相似。殺人不轉眼。此伏彼又起。哀哉流氓兒。竟是貴公子。

一四一

朱門貴公子。爲人所厭憎。武器不離手。日夕醉瞢瞢。在校打師友。入寺罵道僧。揮霍失常度。謀生無一能。

一四二

發揮臂指力。萬事持其柄。巨細盡人爲。未可聽天命。行動影隨形。美醜如對鏡。百密是全能。一疏即是病。

一四三

流離道路中。盡是親骨肉。豺虎居要津。狐兎滿人屋。荒丘塚纍纍。處處聞野哭。終年勤耕耘。饔飧不果腹。

一四四

一生好作詩。不怕人嘲誚。應酬句不工。尤厭干權要。佳篇自欣賞。奇句開懷笑。吾手寫吾口。即得詩奧妙。

一四五

吟詩六十年。未敢稱前輩。得句顏先開。獵奇心已醉。山水取詩材。每使兩足傫。大雅日已少。迷惘不知悔。

一四六

天地無終極。人生有存沒。昔年羨紅顏。今日成枯骨。護身厚棺槨。殉葬美簪笏。百年何所存。黃土亂㪍㪍。

一四七

偉哉陽明山。墳場光曄曄。青草蓋白骨。墓碑緊相接。迎風柏數株。成蔭松三鬣。香火無斷絕。幽魂何所懾。

一四八

塵世有貴賤。死去同一狀。三拜見交情。從此斷問訪。紙錢資冥用。杯酒畢野葬。年年送故人。此心共惻愴。

一四九

智者雖多才。千慮有一失。駑馬伏櫪槽。尚有騰泛日。愛聞春鳥啼。怕聽秋蟲唧。萬事不關心。學佛始言畢。

一五〇

陋室坐兀兀。天地念悠悠。夜語情切切。林深風颼颼。煙分鷺的的。葉穿蟬啾啾。此心殊悵悵。歲暮更惆惆。

一五一

兩崖聳峭壁。一橋繫鎖通。下有深溪水。涓涓流向東。野兒身無袴。村婦首如蓬。心靈經梳洗。色相總成空。

一五二

誰爲吾見棄。誰爲吾願與。善惡判離合。邪正分迎拒。嘉善矜不能。賢愚各得所。萬物立生命。蒼天默無語。

一五三

天地助變化。歲歲不盡同。糾糾稱壯士。忽忽成老翁。日月東西轉。萬年輪迴中。良馬行千里。不見脚瀧涷。

一五四

牽牛織女星。七夕相迎將。天河水滯滯。四垂雲錦張。一別各西東。隔河遙相望。寂寂經週年。愁思未可量。

一五五

東南富庶區。移殖西北部。可憐亂世民。不如治世狗。家人全驅散。隻身邊疆走。不聞人語聲。但聞獅虎吼。

一五六

入仕良非易。草澤有遺賢。辛勤讀經史。慚愧耕硯田。衣食常不足。夜深未安眠。明月無私照。孤影落籬邊。

一五七

高山有猛虎。羣獸皆震懾。徑荒無行人。地僻絕狩獵。日出掃浮雲。風動摧落葉。前溪清且淺。褰裳即可涉。

一五八

艱難耕梯田。勞力多幾倍。收穫無定量。氣候朝夕改。風寒易凋零。日暖生光彩。天地爲帳幕。悠悠野情在。

一五九

歲時不我與。白髮難變黑。立身天行健。服人在明德。造飯資釜竈。禦寒足衣裓。凍餒兩無虞。外物莫能賊。

一六〇

年高身未老。被迫捨朱紱。登庸才俊士。指向青年掘。青年氣揚揚。老人情鬱鬱。老少皆有用。良匠善擇物。

一六一

朱門厭酒肉。寒士苦飢凍。貧富兩懸殊。心身各倥傯。謟為錢所迫。驕為人所痛。簞瓢能自樂。勝過金飯瓮。

一六二

山棲多野趣。麋鹿作伴侶。菽粟堪充飢。巖石為門戶。衣吹雲錦外。身到水窮處。名山付隱淪。不求亦可遇。

一六三

葬埋唯一窟。此外需何物。夢斷認前身。覺非尋昨日。天是虛無體。人為泡幻質。往來隨造化。何用彌陀佛。

一六四

達士識隱微。愚狂多莽鹵。去時猛向前。切記歸時路。祇求心安適。不計身辛苦。身為萬家奴。心是萬物主。

一六五

名山居老僧。優遊最高層。咳唾宏法雨。萬有一明燈。

一六六

衝破黑暗層。豁然見光輝。心受紅日照。神隨白雲飛。

一六七

日讀隱士詩。心與塵俗隔。明月照當頭。寒空萬里碧。垂楊搖綠溪。煙蘿牽白壁。繁華難久恃。花殘我猶惜。胃病痊可餘。羹粥當飯喫。野外無華墅。尙有近市宅。君子守中庸。小人犯六極。空濛流元氣。混沌順帝則。

一六八

少女不知愁。作息阡陌裏。性情帶野趣。天賦質樸美。短鬢插野花。紅顏棄粉膩。釧環鏤白銀。衣裳裁紅紫。窈窕山野姿。嬌癡村姑氣。應邀清雅賞。難適紈袴意。一朝圖厚利。奔向城市去。慢舞鬥朱顏。高歌發皓齒。服裝競入時。粉飾全變異。紅塵二十年。天使變妖魅。悔從逍遙鄉。墮入繁華地。

一六九

天寒衣敝裘。腹飢餐野果。清如玉壺冰。百年隨寓過。粱肉久絕緣。生活惟水火。夜入巖穴眠。日暮石上坐。

一七〇

清淨野外人。入世不染塵。寺院勤膜拜。孽緣莫問津。民物胞與懷。法王燈火親。富貴存俗骨。慧根在清貧。

一七一

梁武臨朝日。偃武重文士。儒釋鎔一爐。藹藹多吉士。旣爲孔聖徒。又作佛門使。捨身入寺門。潛心究玄理。朝政棄不治。致受侯景累。飢餓死臺城。至尊竟乃爾。赫赫精明主。往事徒已矣。職位苟不守。失敗亦若是。

一七二

疏絕世俗交。寧與鸞鶴親。釜甑少舉火。几席不染塵。野蔬堪充膳。清泉可潔身。日夕無憂慮。悠然羲皇人。

一七三

潔身求教益。循循多善誘。先覺覺後覺。傳授不離口。與人樂爲善。自珍惜敝帚。薪火傳萬代。有子必有母。

一七四

不與損友交。管寧曾割席。心定如止水。意堅似磐石。辱身遭三刎。可憐和氏璧。貧富無得失。貴賤何損益。

一七五

幽居多樂事。仔細與君論。月明松罩翠。霧重竹搖昏。石橫溪水咽。林密野雲屯。夜眠初入夢。東窗湧曉暾。

一七六

南遺成遺老。怯情話舊遊。江東千萬士。海上一孤舟。長憶黃龍塞。永懷白鷺洲。北來寒氣至。獨坐冷颼颼。

一七七

疾風識勁草。忠貞泣鬼神。敗將羞言武。耆宿擅綴文。中天星斗換。炎方社稷存。待命數十載。干戈滿淚痕。

一七八

逃亡攜妻女。亂離思弟兄。國勢臨否極。憂患度餘生。弱小陷孤立。志士意不平。何日氣運轉。振旅收二京。

一七九

芳草哀王孫。天涯念遊子。上蒼不可問。西望默無語。

一八〇

壯心未已迫先休。國事艱難付黑頭。出塵入俗無人問。瀟灑身如不繫舟。

一八一

中原問消息。未言淚已傾。鬥死五千萬。白骨亂縱橫。怨毒充人間。殘殺何能停。歲月悲老大。報國愧無成。

一八二

慷慨論國事。悲歌咽高堂。濟濟過江士。兒女各成行。刀劍閒白壁。詩書散竹床。悠悠竟何待。贏得鬢如霜。

一八三

佛燈照眼明。雲海浸衣濕。澗流多曲折。猛衝白石急。山行日百里。足力曷能及。可望不可即。人倚厓頂立。

一八四

寺院幾尾魚。池遊活鱍鱍。無釣亦無網。優遊成快活。佛門禁殺生。生機無阻遏。羨爾池中魚。早已獲解脫。

一八五

親故何由問死生。多情轉似總無情。才高屈賈獻辭賦。日夕江邊憔悴行。

一八六

世人痛癢渾忘管。用盡心機為己軀。一夢醒來如幻化。生前華貴總虛無。

一八七

幽人棲隱少咨嗟。功利聲名味似柤。禮佛讀經為課業。布衣蔬食是生涯。寒來靜賞風推石。暖至慵觀樹吐花。一席穩眠休萬事。星河燦爛是吾家。

一八八

處事要通情。讀書先明理。不知強為知。最為人所恥。屋漏毋欺心。至誠則明矣。吾道非外求。聖賢猶是爾。

一八九

小人小有才。君子明大義。逆耳重蹇諤。悅顏忌諛詖。披鱗瀝肝膽。陳善防作僞。詩人愛君國。諷諭寓嘲刺。

一九〇

國家重賞罰。俱自朝廷出。口說未足憑。法律務其實。人心非全同。行與法合一。法不符實情。修改在今日。

一九一

危峯上與白雲齊。寺院差池望眼低。竹葉搖移零翠雨。木梢燦爛貫虹霓。高堂寂寞香煙少。小徑荒蕪僧道迷。鐵鎖浮沉連兩壁。蹣跚橋上過清谿。

一九二

深山景物自幽奇。最是風號雪落時。明月清風誰問價。襟懷落落是吾師。

一九三

開國炎方數十秋。盡情歡樂幾人憂。才俊少年鳴得意。強迫公休哭白頭。

一九四

紫色東升天未明。月輪西落星斗沉。光華復旦鷄聲起。高掛碧空是我心。

一九五

蔬食布衣樂有餘。蓬萊仙島久閒居。不求聞達心平靜。亂世堪爲多士模。

一九六

奇山多異草。雨後更豐蔚。飛瀑掛青峯。烏雲籠白日。晚風牧子歸。晨霧樵夫出。野實猢猻採。儲爲果腹物。

一九七

旣不知有人。亦不知有我。人我兩不知。終日垂垂坐。氣動天下秋。梧桐一葉墮。不願問種因。何意問結果。

一九八

榮枯隨定分。生死安足論。白髮入鏡影。青衫掩淚痕。攢空未出土。入地不生根。俯仰成幻化。寬窄任乾坤。

一九九

來無消息去無蹤。幻境迷離色相空。東海如何容逝水。普天逝水注流東。

二〇〇

蔬菜富營養。粱肉亦不厭。添味加醋醬。調羹和梅鹽。枸杞燉鷄足。豆付烹魚臉。齒牙少脫落。平生少食甜。

二〇一

技藝足謀生。讀書難救貧。技藝操在我。讀書苦求人。劉項不讀書。功名榮其身。窮年習文史。潦倒長苦辛。

二〇二

智爲愚所欺。智曾隨愚走。走路到盡頭。愚竟無所有。智乃對愚說。我似園中韭。日日被你砍。砍後生還有。

二〇三

青天碧海月輪孤。萬里長空一物無。祇怪此身存色相。手摘梧葉蔽微軀。

二〇四

此心已與白雲飛。閒散此身眠大石。色相若從密處藏。應無俗物前來覓。

二〇五

年來幾度住深山。住入深山絕俗緣。羅漢奉供名一八。煩絲斬斷丈三千。鐘聲嘹喨松林裏。月影婆娑經席前。太上忘情添境界。高樓半夜夢長圓。

二〇六

人生何必苦吁嗟。身世百年亦有涯。多子多孫還孽債。碧山碧水住吾家。因充飢餓頻鋤地。爲作衣裳自種麻。几上何書常展讀。詩三百首思無邪。

二〇七

問君何事到天台。拾得豐干共往來。青葛煙蘿牽几席。黃泥磐石作樓臺。飯殘菜冷負筒去。山峻溪深拖屐回。草野荒涼無祇筆。題詩石壁亦悠哉。

二〇八

垂垂人將老。忽忽又歲除。藩地非吾鄉。半生賦寄居。事簡親文史。多病煙酒袪。魚肉日減半。蔬食味有餘。

二〇九

廬山眞面目。山中不能見。立場貴超脫。不隨外物轉。行途有曲折。主旨無改變。舉一反三隅。毋聽辭一面。

二一〇

古有綈袍贈。深憐范叔寒。如何推衣食。盡救人飢寒。錦上添花易。雪中送炭難。人有青白眼。誰向低處看。

二一一

昔年逢世亂。少小識風塵。強暴橫鄉曲。戈馬亂紛紛。邑吏擅威福。貪婪逼殺人。良善作魚肉。天地爲之昏。

二一二

良善受宰割。終年無喘息。縣令助爲虐。有誰拯飢溺。農夫勤耕耘。竭盡手足力。纍纍禾黍收。一飽弗能得。

二一三

上有千仞崗。下有百丈崖。登降誠非易。藤蘿小徑開。碧翠橫長空。草木不染埃。倦行依樹坐。蒼茫萬念灰。

二一四

天涯多芳草。十室有忠信。助人貴敏捷。離羣變頑鈍。衆擎力易擧。孤立常受困。天涯同道人。心心常相印。

二一五

巍巍阿里山。上有千年樹。巨榦數十圍。枝墮斷道路。大椿八千春。永爲人所慕。歷世不凋零。本質從太素。

二一六

養狗爲守門。養貓爲捕鼠。馬牛代耕田。鸚鵡共人語。鶼鰈比翼飛。鴛鴦呼其侶。相守莫相忘。出入稱爾汝。

二一七

中原罹浩刧。乘桴東南遷。作賦哀江南。吟詩紀遊仙。一生經憂患。老貧祇自憐。攜家欲歸隱。恨無五畝田。

二一八

言行違常情。人必稱瘋顛。瘋顛率本性。不受外物纏。道情貴玄默。沉思免多言。風塵不久留。行行歸寒山。

二一九

身與心俱閒。遍遊山外山。徑荒杖履緩。崖險葛藤攀。雨洗松林綠。水磨石色斑。興來忘止宿。深夜叩禪關。

二二〇

故鄉不可處。倉皇走遐方。冰心常皎潔。身如金玉相。蟄居肝膽裂。待命年歲長。月明星疏落。兀兀坐草堂。

二二一

貧賤則怨命。危難則呼天。命由何人定。天由何人傳。寧靜能致遠。淡泊可永年。心田培福履。爲富不在錢。

二二二

恐怖無已時。殺聲震天地。權貴鬥繁華。斯民盡憔悴。文化湮無存。惟見人性墜。不顧萬人死。祗求一己利。

二二三

國治多吉士。世亂出奸邪。枳棘棲鸞鳳。草澤鬥龍蛇。正氣長消歇。乾坤逞擲拏。賢人甘退隱。扁舟泛若耶。

二二四

老年淡世味。息影石泉間。情寄碧天遠。心同白鶴閒。煙蘿延席坐。瓊樹帶枝攀。今夜北風起。明朝雪滿山。

二二五

古寺在何許。迢迢路百千。平安拜籤語。入定坐蒲團。洗滌持法水。熏沐借爐煙。慈航獲普渡。佛法歎無邊。

二二六

山高人跡滅。鳥獸與同羣。風至竹搖急。雨來花落頻。登樓聞野笛。依檻看浮雲。襟懷如皓月。詩文迥絕倫。

二二七

蕭疏鬢毛斑。作詩紀事實。得失千古事。褒貶一枝筆。清新文學語。謹嚴勝法律。洋溢數百首。一月成巨帙。

二二八

論事求眞理。處世不欺人。博涉現代書。閒看古時文。遣情發高詠。針時亦綴文。持議秉公道。主張豈隨人。正色斥奸邪。曷與苟言笑。愛護吾子弟。敬恭吾父老。悠悠盡責任。終年無煩惱。

二二九

驚險動心魄。急灘走小舸。少壯負前纜。老成撐後柁。宛轉避石撞。起落隨浪簸。艱難同一舟。持平莫側坐。

二三〇

民以食爲天。荷鋤種五穀。去年雨水調。農家收成足。雞黍祭田祖。享祀介景福。去螟螣蟊賊。田穉免災毒。今年遇災旱。田家同聲哭。家室無斗儲。何云食天祿。天熱皮膚裂。心憂毛髮禿。去年在天堂。今年入地獄。小民聽天命。不敢言禍福。朝夕跪殿前。藏經仔細讀。

二三一

俯仰存本性。禍福識天理。本性養眞吾。天理莫欺你。留得清淨身。終爲佛家子。斬斷煩惱絲。解脫何能比。苦樂離心頭。波瀾永不起。夜深天籟聞。明月照秋水。

二三二

共濟無舟楫。滄海水茫茫。神州彌赤氛。噬人如虎狼。殘殺五千萬。淫威誰敢當。清算與鬥爭。漏網無賢良。刀俎不停息。宰割如牛羊。殘暴失人性。行爲陷瘋狂。在莒二十年。膽嘗兼薪臥。騰驤未有期。盲馬暗推磨。

二三三

日夕落塵網。小人爲沙蟲。圍剿藩籬內。難逃魔掌中。游水奔香島。浪翻力已窮。每作馮夷鬼。未成避世翁。

二三四

頓悟了無期。垂垂老癡漢。心靈失解脫。喃喃念恩怨。主要在洗心。洗心在革面。未能覺後覺。應是鈍根漢。牛馬存獸性。終難脫羈絆。

二三五

明月開柔眼。清風常入懷。林泉供嘯傲。陵谷獨往來。朝持笻杖出。暮帶花香回。終日無一語。深山一癡獃。

二三六

奸詐久成性。存心原不善。是非欠分明。總隨利害轉。貪飲杯中酒。愛喫几上臠。如何出家人。竟是瘋惡漢。

二三七

善惡福禍門。存心苦切記。成敗分王寇。得失論愚智。縱橫推儀秦。堅白辨同異。勝負爭一着。棋中有天地。

二三八

人爲萬物靈。生來有天祿。身外無一物。自應忘寵辱。不愛顏如玉。不貪黃金屋。簪笏是羈絆。廊廟爲地獄。休惹時人笑。莫使後人哭。天道每循環。報應亦迅速。求衣唯布帛。求食唯菽粟。區區蝸角地。何勞戰蠻觸。

二三九

十日九山居。始識山居妙。泊淡陶性情。清淨爲樞要。靉靆白雲浮。突兀蒼崖裂。流光暮徘徊。野火夜明滅。鐘鼎與山林。去從未曾決。矛盾梗胸懷。苦衷向誰說。兩可無一成。斷機貴直截。五更鷄已鳴。籌思尚未歇。

二四〇

以暴得天下。爲政多醜惡。掃地富出門。翻身窮無着。鬥爭無孑遺。恐怖好殘殺。小民亦何辜。處處遇羅刹。方其逐鹿時。農改相怡悅。挑撥製猜疑。離間恣情掣。造謠生事端。假辭逞遊說。認識不澈底。一再蹈覆轍。無知被勾引。退却遭暗殺。一切受控制。坐死不能活。禦侮招之來。笑我泥菩薩。費我鑪冶力。煉金皆成鐵。大錯早鑄成。教我如何說。

二四一

色相原是空。空即是色相。發言爲心聲。攝影取形樣。得意休揚揚。失意莫悵悵。天地浩然氣。無害由直養。橫逆來紛紛。心中無怏怏。潛修功力積。慧根日成長。自身守規律。可爲人模樣。讀經神貫注。說教語通暢。誠實滿受益。機巧無一當。指標旣豎立。存心有所嚮。獻納盡其力。不羨人供養。助人發宏願。無私自高尚。安樂無驕容。危難無異狀。經典多明訓。賢聖有好樣。慈悲種心田。宏化運掌上。賞罰非由天。禍福由心降。和藹且樂觀。一副彌勒相。

二四二

士純盜虛聲。棄名取其實。鳴自律所生。衆爲即成律(莊子曰鳴者律之所生,律者衆之所爲)。文質兩彬彬。文應從質出。大器今日成。評價從昨日。

二四三

詩書明心胸。錢穀非爲寶。窮通會有時。禍福人自造。日食數碗飯。何貪幾斗珠。永結雲漢遊。莫投苦海去。富貴不可求。生死有定數。

二四四

讀書面古人。無官此身輕。門內無塵擾。手中一卷經。誰云天傾陷。全憑一柱擎。無才問國事。憂患共餘生。所幸名士多。惺惺惜惺惺。

二四五

學未優而仕。仕而優不學。折足覆公餗。六馬御朽索。會議日夕頻。公事付假託。簪笏爲裝飾。官徜作旅泊。未曾憂其憂。祇見樂其樂。

二四六

自顧無慧眼。敢相天下士。自顧無慈航。敢渡人弱水。手無度量衡。人物如何比。以何測精微。以何識奧祕。何所爲而來。何所爲而去。來去無停息。誰識此中理。風雲飛長天。埃塵終落地。得道化成仙。失道死爲鬼。幽明各異途。升沉何能比。莫怪今年非。惟守去年是。是非永分明。切勿錯相擬。

二四七

漢地起煙塵。河山倏易主。魂魄歸蒿里。晞滅薤上露。天地黯無光。日夜暴風雨。無力解倒懸。老大徒傷爾。

二四八

貧賤有樂地。何爲名利奴。享用殊有限。辱志爲區區。齊人驕妻妾。南郭濫吹竽。買胡寧剖身。深藏美明珠。

二四九

不知有晦朔。生命如朝菌。東來二十年。耆宿零落盡。無以拯飢溺。愁結不能忍。靜待消息來。暫作林下隱。

二五〇

天涯爲客久。煢煢待罪身。中原無消息。何處問來人。病胃曾禁酒。買山不辭貧。孤影臨清水。踟躕照入神。

二五一

今年飛懸圃。去年遊太清。往來無定住。飄忽似浮萍。在月入桂窟。在地鑽土坑。張目如日月。心定不如盲。

二五二

天地自開闔。造化在其中。梳洗賴雨露。飄盪隨長風。追尋杳難見。循環了無窮。變幻誰能解。騷首問天公。

二五三

身泛不繫舟。浮沉大海中。隨波登蓬萊。逐風走飛蓬。遠視天無岸。升高手摩空。夕陽從西落。逝水注朝東。此中得澈悟。仙凡一線通。

二五四

報國愧無能。憂患何時了。兀兀心不開。煢煢身將老。逆來難順受。終日多煩惱。人事既不齊。何意問天道。

二五五

孤雲依岫出。野鶴去無蹤。峯巒茅偃蹇。巖壑石玲瓏。日落羣山暝。不復辨西東。夜來情更怯。萬念總成空。

二五六

草徑久荒蕪。從無輪蹄過。朝聞樵夫唱。晚聽牧童歌。溪澗泉涓涓。巖洞石峨峨。萬籟發心聲。猿鶴鳴四阿。

二五七

迂折羊腸道。山外復有山。山下有茅屋。山上種梯田。梯田連斜坡。祇見半面天。沙石割脚底。身爲茅草纏。

二五八

巖灘垂釣客。身襲一羊裘。虛名惹千古。寧爲蓑衣羞。故人立南面。布衣自無愁。何如聞物化。胡蝶夢莊周。

二五九

偶作烏來遊。精神暫有託。兩壁對聳峙。歌聲草棚作。纜車飛空中。怡然登翠閣。飛瀑澄如練。千山雲磅礴。池有龍門魚，未有緱山鶴。（九月十二日全家遊烏來）

二六〇

漏室二三間。垣牆藤蘿繞。家中少存儲。唯書以爲寶。大氣日夜流。四圍景色好。朝聞噪樹蟲。晚看歸林鳥。中原久鼎沸。南來存吾道。薪火先聖傳。餘緒子孫保。春日勤耕耘。

秋日收新稻。文風被海濱。天下稱大老。

二六一

撥雲欣月出。依檻看花明。曲水縈瓊帶。連峯竪翠屏。蟬鳴疏欲斷。鶴唳遠相迎。待罪炎方地。隱身先隱名。

二六二

可憐程主事。夫婦投環死。國際奔馳人。俎豆折衝士。病魔久纏綿。顏色兩顦顇。痛深求解脫。生不如死爾。

外交部簡任主事。程佐弼。因困於癌症。與其久病之妻周省芳於九月十二日，同時自縊而死。

二六三

玉山聳河漢。迴環勢岧嶢。蒼茫雪蓋頂。崎嶇路一條。崖谷飛瀑布。葛藤牽溪橋。惟有楊將軍（楊森）。力行獨遠超。

二六四

水從寒澗出。洗濯冷凄凄。秋高氣帶清。日落望成迷。雨傾花魂碎。月移人影低。蓮花心不染。儘管出汚泥。

二六五

幽居喜無事。獨抱白雲眠。書卷持手穩。煙蘿牽屋聯。讀經謀補過。著書爲消閒。晚風送香氣。前有半塘蓮。

二六六

巖穴堪棲息。寺院足逗遛。慧根勤培養。善果賴清修。爲善人最樂。守分自無憂。世間煩惱事。皆因強出頭。

二六七

淡泊養生機。山居多野趣。吟哦發心聲。耕種足農具。布服隨寒暑。菜蔬供朝暮。耳與韻交流。目與神相遇。

二六八

國運剝未復。予以瀟陽九。發憤寫詩歌。一月三百首。湊泊成篇章。自愧非高手。今寫和韻詩。寒山是媒母。

二六九

長夜思悠悠。國恨何時休。待罪炎方地。夢登海西頭。欲哭不成聲。欲泣淚不流。義民鐵蹄下。呻吟作馬牛。

二七〇

採藥求長生。愚哉秦始皇。藥石旣失靈。壽命亦不長。子孫萬世業。二世即滅亡。帝王家天下。前途殊渺茫。

二七一

到處我無家。我向何處歸。久客誠苦惱。思歸亦是癡。夜半不能眠。繞室有所思。所思為何物。自問亦不知。亦不要人問。知之有何為。與其無所為。不如全不知。不知亦不癡。逆來順受宜。

二七二

飄泊數十年。何處是吾家。海角寄吾身。天涯寄吾家。國運久在剝。憂患逐年加。有時到寺門。盤足做功課。鐘聲繞高堂。藏經隨聲和。不願多所思。及早就床臥。無話可言說。無淚可脫灑。救國少作為。怕人背後罵。時窮應圖變。詎可坐視耶。

二七三

術士崇霸道。治國稱其力。儒家稱仁義。為政重道德。霸道謀富強。王道明順逆。富強為己謀。殺人全不惜。順逆存人性。合從法制覓。壁壘兩森嚴。旗幟不同色。失足千古恨。短視謀衣食。存心明順逆。做事識奸直。霸道得橫行。天下亂脊脊。憂惶無已時。上天曷有極。食不飽碗盤。眠不安床席。開門揖虎狼。作父認盜賊。百年血教訓。豎石以銘勒。

莊子：天下脊脊大亂，罪在攖人心。

二七四

萬變不離宗。我心存斯道。持書石床眠。對月松林嘯。昂昂志未灰。垂垂身將老。艱難存餘緒。子孫得永保。

二七五

同好結同倫。相知永相親。陪伴煙霞侶。送迎花草賓。影搖楊柳夕。香挹芝蘭晨。世塵飛不到。往來無俗人。

二七六

獨立往來頻。自稱遺世人。殷勤讀經史。未裹儒生巾。喜結猿鶴侶。恥爲獻納臣。素衣自珍惜。不敢近緇塵。

二七七

彭祖稱夭折。殤子號長存。修短皆有死。死後同化塵。滄海變桑田。桑田換江津。日月無盈虛。旋轉負雙輪。

二七八

大椿壽千萬。蜉蝣一瞬收。青塚埋黑髮。何爲待白頭。光陰百代過。乾坤朝夕浮。有死方有生。死去復何憂。

二七九

理亂不願知。草澤居野士。夜對風月嘯。日伴猿鶴睡。久絕繁華地。力避塵世累。飢食粗糲飯。渴飲清溪水。

二八〇

入伍正髫齡，退役身已老。征人暮笳動。閨婦夜碪擣。灑血徐蚌地。飲恨川湘道。檢點無長物。惟身以爲寶。

二八一

出入彈雨間。自哭還自笑。明月照寒林。斜陽掛古道。面目積征塵。衣褲養跳蚤。一敗如山崩。退守何處好。

二八二

再衰三而竭。退至滄海邊。怯者爲俘虜。勇者入黃泉。哀兵竟不勝。騷首問蒼天。何處尋歸路。寧逃道與禪。

二八三

揮毫寫詩章。寸心尋得失。賞奇頻點頭。問難共促膝。詞句禁竊取。情意自我出。思路今淤塞。浩瀚在明日。

二八四

男兒當自立。不必靠爺孃。若積統馭力。誰敢不來王。建立非常功。才學自非常。佛門多菩薩。幾個稱金剛。

二八五

咄咄我東鄰。從來不守信。遇剛吐出來。遇柔一口吞。流我八年血，積我千古恨。竟以怨報德。施德今受困。

二八六

戰敗謀勃興。風雲巧際會。信義早蕩然。利害爲向背。金山約立足。核子傘作蓋。徼幸成大國。楫盜求替代。以德報怨人。擊落藩籬外。

二八七

雨後經梳洗。青山絕纖塵。草屋三四間。野花對月輪。清流供沐浴。猿鳥常爲鄰。恨難摒俗務。永作草野人。

二八八

鹿居長林裏。悠悠食豐草。食飽席地眠。終日無煩惱。一朝受豢養。華堂飼料好。羈居無野趣。形容漸枯槁。

二八九

春風入羅幃。少婦正可憐。陌頭動楊柳。高樓弄管弦。長征怨遊子。孤枕惜華年。花殘明月夜。淚灑綺窗前。

二九〇

山深人跡少。花石多幽奇。猴摘山果去。鳥啄粟粒歸。高邱栽綠柏。平壤種紫芝。雨過巒峰青。天高星辰稀。風景迷耳目。俯拾即成詩。

二九一

避難至炎方。忽逾二十年。顛沛風塵裏。談笑泉石間。親故半凋零。新墓滿荒山。鬢毛催斑白。憂鬱復何言。

二九二

詩料滿目前。拾來未着意。鎔鑄經安排。別有一天地。境界雖高遠。要從眞實起。一言不虛發。作詩盡能事。

二九三

野柳近海邊。沙灘有石履。潮來進退急。幾多溺水鬼。

二九四

花開知春來。春來花更好。春去誰歎息。花落誰灑掃。將花比紅顏。紅顏漸衰老。花落會再開。紅顏不長保。

二九五

菊花消煩熱。枸杞明眼睛。祛風灸艾火。除臭貼香瓔。杯飲茱萸酒。肉調鹽梅羹。食物重營養。健康得長生。

二九六

知也原無涯。人生須珍惜。牛馬受鞭策。愚昧遭訶斥。生命有限期。光陰怕虛擲。失意求補償。悠悠終無極。

二九七

玉山高巍巍。路徑甚險要。嗟此登山人。不識山奧妙。半途廢然返。猿鶴獻譏誚。喜有楊將軍。手電自相照。小橋牽葛藤。無伴相呼召。因樹而懷人。甘棠憩周邵。下山抵嘉義。市民騰歡笑。

二九八

沙門受戒人。終年不服藥。倏自高山頂。飛步到山脚。

二九九

有人問學詩。三百頌風雅。離騷數十篇。日夕求講解。樂府吟熟爛。休歎知音寡。陶公與李白。持讀未能罷。唐宋有大家。莫學宋以下。

三〇〇

玉山道。少人到。溪無名。橋無號。此猿啼。彼蟬噪。葉辭枝。寒風掃。白石巔。青草隩。要登頂。雇嚮導。若能到。同叫好。

三〇一

玉山高。雪封石。冰殺青。雲飛白。白日出。寒痕釋。煨爐火。烘遊客。

三〇二

居深山。人不識。雲悠悠。心寂寂。

三〇三

山作體。溪爲心。重奇石。棄黃金。聽天籟。彈古琴。今之人。不知音。

三〇四

山林中。當清風。萬籟寂。一竅通。月光照。碧靄籠。席地坐。一山翁。

三〇五

浪遊子。常若是。不貪生。不求死。

三〇六

人性爭短長。終日賭意氣。一朝兩目瞑。荒山找墳地。棺木一。墓柱二。你若還要來鬧意氣。我爲你。竪碑記。

三〇七

和完寒山詩。訂成一大卷。撰寫太草率。仔細看一遍。

次韻和高越天兄七十述懷 八首

六二、八、十三

玉嶺閒雲淡水潮。沉沉醉夢更無聊。赤氛醜惡方瀰漫。正義喚呼更寂寥。一髮中原雲霧隔。萬家宗祖墓廬遙。心期世運剝而復。華胄免淪異國僑。

九天咳唾震文名。論道談詩並臂行。史籍光芒宏著述。書綱浩瀚見精英（越天兄著有中國書綱、中國歷朝興亡紀、中華民國大事紀要、蒙古史綱、中國紡織史、宇內名山簡紀、五朝詩評、逍遙集、鶴夢館詩稿、一厂海上詩存等書）。孜孜修己日三省。兀兀窮經夜五更。苦樂一生何及計。祇求爲國策昇平。

少年不作稻粱謀。直把忠勤消百憂。霄漢揚威鷹隼猛。林泉待老鶴猿羞。青雲得路笑新貴。瓜圃何人識故侯。菽粟充飢已盡願。天寒何敢問輕裘。

浪跡瀛臺秋復春。天涯草草待歸人。歲寒漸少松梅友。侍立已無僕婢親。却笑魔魂升斗座。誰憐仙骨困凡塵。千箱纊雪供溫暖。萬卷擷華慰苦貧（越天兄七十述懷有萬卷擷華編史籍，千箱纊雪作人衣之句）。

不信世間爲政難。少年三仕作清官。職供天府（四川）功常著。揖別鍾陵淚暗彈（越天兄七十述懷詩，有揖別鍾陵揮涕淚句）。竟日吟哦存大雅。全家歡樂報平安。幸從紡織資生計。流浪免憐范叔寒（越天兄七十述懷詩註：從事紡織貿易公司以資生）。

烽煙不復辨西東。莽莽神州野火紅。百拜求和成狎客（張治中等）。貳臣導誤列全功（劉斐）。風聲鶴唳三軍墨。帶水礪山一戰空。國祚突移如定局。惟留史筆紀奸忠。

遺民何敢問輕肥。野處遑遑安所歸。此日全祈明日好。今年始覺去年非。難尋桑土持耕耒。有志魚塘曳釣衣。垂老無求心事少。顏紅色潤皺紋稀。

戰伐年年孤寡多。仁慈誰見此心婆。喧轟機砲殞天石。競逐樓船揚海波。和約圖分新境界。防區色變舊山河。東南亞局空前刧。誰伴神仙守爛柯。

尋　春（分韻得抱字）

六三、三、三

名士過江待老。傷心別有懷抱。春來問息尋消。自歎勞人草草。

次韻和俠盧兄七十自述 二首

六三、九、三

相識定交卅歲初。照人肝膽俠名廬。空勞入市尋屠狗。可歎忘筌未得魚。（俠盧兄原作：白門市肆尋屠狗，烏石雲霄憶釣魚。）塵土功名儒服敝。詩歌樽酒夕窗虛。中原逐鹿憑誰手。劉項從來不讀書。

白雪陽春和者稀。文章幾見共探奇。性靈啓發緣天分。學植培成無止期。政簡官閒容自笑（俠盧兄常自稱冷官）。杯停病已苦誰知（俠盧兄好酒，因病停杯，自云極感苦惱）。子孫振振祝純嘏。年老無求獨賦詩。

乙卯上巳雅集（分韻得合字擬寒山體）

六四、三、六

人事亦何求。只圖道義合。充膳甘園蔬。禦寒假詩衲。疑亦未必問。問亦未必答。兀兀待炎島。終日波濤匝。

正鼎以書伉儷逝世周年悼詞

六四、六、一

少結鴛盟仗劍行。圖存犯難鬼神驚。壯心未已雙星落。雲海蒼茫故國情。

天白義衡兄臺遊唱和達三十章喜而賦之

六四、七、廿

誰云大雅久云亡。振臂高呼動八方。灑玉飛珠聞咳唾。起衰濟溺見文章。涉登山水搜奇苦。棲息煙霞引興長。我亦優遊林下客。此行未預轉神傷。

與義衡兄半日山遊，別後未及三小時，彼遊詩六首至矣。喜賦

六四、九、十三

世情擾擾不言休。難得聯翩半日遊。山小峯尖（芝山巖）舒望眼。流長瀑細（陽明山瀑布）挂高頭。宗唐姚宋殊多事。崇古薄今豈善謀（遊中論詩）。小別三時詩六首。如君敏捷

孰能儔。

遊澄清湖宿湖邊小屋 四首

六四、十一、十八、高雄澄清湖

湖似明珠山似鬟。林邊小屋野蘿攀。容身六尺足怡悅。廣廈何須千萬間。

追隨清靜到園林。薄霧遮湖秋意深。兀坐連宵癡對月。我心元自共天心。

蟬鳥林陰噪不休。滿湖活水自源頭。溪橋小立尋詩句。崔顥已題黃鶴樓（橋邊有溥儒詩碑）。

一丘一壑獵珍奇。嚮導多能衆所知。四老壽高三百歲。明湖還約十年期。

和義衡兄環島訪梅 三首

六四、十二、五、於臺北、下同

紅羊劫後走天涯。臨老優遊隱士家。爲恐東皇疏管領。殷勤到處訪梅花。

一筆揮成廿幾章。梅花由此疊新裝。祇聞咳唾生珠玉。無意與人鬥短長。

十八詩題境界同。安排各異見神功。文章得失知多少。全在此心頓悟中。

與天白義衡兄作半日遊 三首

六四、十二、十八

㈠白雲山莊

人民城郭隔輕煙。飛渡二橋淡水邊。古木蒼茫通曲徑。蘭香萬縷碧紗牽（蘭花排列成行，以黑布圍之）。

㈡河濱別墅

玲瓏小築據層巒。人在山光雲影間。野草萋萋青似染。門前澗水日潺潺。

㈢後約有期

逍遙只作半日遊。山自青青水自流。記有當時期約在。共迎杖履度中秋。

唐詩千首選評成十二卷因題卷末 五首

六四、十二、廿

浩瀚唐詩五萬篇。奇葩競放耀陳編。片詞單韻俱收錄。婦女道僧章句全。

李杜光芒萬丈長。王維清雅獻新章。白詩老嫗渾能解。商隱牧之覇一方。

神來之筆妙難尋。運用機先存一心。名手名篇珍敝帚。小家小什發高吟。

兀兀窮年理故篇。擷華棄滓又鈎玄。鑽研豈是尋常事。選評辛勤祇自憐。

寫來曾歷二春秋。讀罷無端淚暗流。亂世文章誰愛賞。幸留版本束高樓。

海外呼聲 並序

檀島僑領黃仲乾先生，出版書法舉隅第三集，內錄文天祥正氣歌、岳飛滿江紅詞，向予徵詩，以此報之。

岳飛高唱滿江紅。正氣歌聲啓瞶聾。海浪山濤來腕底。地維天柱列胸中。故鄉秦火詩書絕。異國薪傳譽望隆。忠義呼號垂宇宙。及身應見九州同。

六五、五、廿

靜坐 四首

一

靜坐矇矇萬象空。此心不與俗塵通。論交君子淡如水。掃地焚香聲氣同。

二

南北東西逼側餘。卅年孤島似僧居。庭院清靜車塵遠。故舊寂寥鄉信疏。

三

老來無事不從容。進退隨心一笑逢。感受人生謀寄託。近來只是詩情濃。

四

少壯馳驅未息肩，議壇喋喋亦徒然。餘生只合老丘壑。國事艱危付少年。

六五、六、十六

雲泥 二首

天生色相有雲泥。濁重清輕兩不齊。善惡到頭經百鍊。明燈指點去津迷。

六五、六、廿

霄漢爲雲墜地泥。浮沉異勢不相齊。誕登端賴慈航渡。爲惡只因一念迷。

六五、七、廿

哭宏寬弟

內弟宏寬病逝與內子具名輓之

生離死別最愴神。況復連枝骨肉親。俊傑盈門宏化雨。忠貞爲國見經綸。尚留清白垂千古。猶記謹嚴持一身。同來未獲共歸去。宿草淒涼對野燐。

與太希公遂義衡越天諸兄遊新竹青草湖並尋狄君武墓未見二首

六五、十、五

析疑解字各殊途。五老同遊道不孤。淡淡流雲時有雨。萋萋青草已無湖。尼離客散何蕭索。棟折牆崩久廢蕪。爲拜故人君武墓。東尋西覓眼模糊。

當年君武最風流。詩酒高樓日唱酬。粥會薪傳羅俊傑。幘巾布履傲公侯。淒涼駿骨埋青草。閒散幽靈伴白鷗。不料十年陵谷變。遊人淚落弔荒丘。

花蓮太魯閣途中三首

六五、十一、七、花蓮文山

鐵橋連兩岸。祠內佛堂開。白字鐫江底。青亭翼水隈。急流從此去。泛海不重回。莫問循環理。且看後浪催。

曲折羊腸道。車行左右偏。九彎（九曲洞）人倦矣。四顧意茫然。面壁疑無路。過巖又有天。縱橫連百里。一水暗中牽。

何物斵輪手。雙峯倒插天。崔巍蹲怪石。嗚咽送流泉。不見歸巢燕。未聞啼血鵑。艱難經九洞。冠履復翩翩。

四老由天祥步行至文山

六五、十一、七、花蓮文山

結伴文山道。晚年試脚功。半時行五里。四老逐孤蓬。梅樹充前導（天祥至文山路右全是梅樹）。溫泉失故宮（文山賓館曾爲先　蔣總統行館，因颱風受損，已無溫泉）。飽餐多美味。歸去樂融融。

老　兵

六六、四、十三、臺北下同

執戈禦社稷。出入註生死。初起除軍藩。鷹揚驅鹿豕。繼起抗島夷。投降敵終止。接着掃赤眉。終逢天地否。積績廿餘年。戰爭無窮已。創傷苦血肉。悲痛澈骨髓。東來謀復國。日夕空拊髀。爲問反攻年。知彼先知己。

日本毀約

六六、四、十六

我以德報怨。彼以怨報德。恐怖與暴行。八年無止息。死者久吞聲。生者猶悽惻。一朝豎降旛。遣俘盡己力。維護舊政體。無視戰敗國。和約談笑成。平等爲極則。墨瀋尙未乾。棄友西通賊。得失亦何常。禍福不可測。道義得天助。正氣勝姦慝。

書徐老義衡贈內詩後二首

六六、八、廿八

四十年前一老兵。天威浩蕩掃欃槍。詩章贈內話桑海。懶向人間訴不平。

愁腸百結淚縱橫。海角天涯困半生。造物憐才終有用。老來烜赫以詩鳴。

問　年

六六、十一、七

有生之物終歸死。生則營營死則休。應是彭殤同朽骨。可憐貴賤共荒丘。曇魂縹緲迷青眼。國色芬芳怕白頭。短命大年爭未已。此中奧秘問莊周。

尋梅懷舊並柬天白越天義衡三老二首有序

六七、元、卅

四老原有農曆年近看梅之約，因居住星散，未果。年前七日，携眷遊陽明山。租傘尋梅。

寒風苦雨意重重。租傘尋梅興轉濃。四老當年期約在。隆冬已到未相逢。
一人撐傘賞梅花。紅白橫斜吐玉葩。衰殘怯與風寒鬥。遊興未闌已到家。

四老石門雅集 四首

六七、四、十二

此從屏東來。彼自香港至。臺北高與胡。同行人成四。積年逾三百。腰脚謀一試。放浪形骸外。胸無塵俗事。水光漾山色。不酒人亦醉。

小小芝蔴城。氣象鬥水庫。高閣連雲起。層樓不知數。蟲鳴池旁草。鳥啼簷前樹。城市與山林。月夜足小住。一房二千金。望之而却步。

到處可棲遲。誰謂天地窄。林泉入幽徑。田畝間阡陌。欲行必有路。天涯猶咫尺。看山俱是青。觀水滿眼碧。萬事隨運化。人生是過客。

敦交淡於水。別後成追憶。精神何所繫。結緣在翰墨。一字供推敲。詩趣浩難得。晚歲樂孤清。不受塵世逼。一年兩度遊。行行試脚力。

小園遣步 四首

六七、十一、五

秋陽曝背小園東。花樹爭奇綠映紅。去住休嫌天地窄。滿懷生趣與人同。

不管風晨或雨宵。脚行緩緩手搖搖（時下流行擺手運動）。全程若以一年計。二丈方園千里遙。

滿園生意碧萋萋。收穫耕耘分量齊。澆水施肥朝夕事。艱難重任付荊妻。

樹側花間半徑開。雲晨月夕獨徘徊。車塵馬足消沉久。惟有詩潮滾滾來。

六七、十一、十六

角板山四老雅集

大漢溪潭碧百尋。連峯聳峙隔晴陰。行宮覩物聖光遠。植樹交柯遺澤深（先總統　蔣公伉儷，各手植一榕。現已交柯，成爲拱門）。曾約十年頻聚晤。欣逢四老又登臨。遊山分屬歡娛事。只是騷人多苦心。

廬山之行 三首

六八、五、十一、霧社廬山

環山四面舞螺鬟。驚險難行人止關（地名）。看似途窮終有路。輕車飛駛入夷蠻（高山族）。

直上山頭覓水源。懸崖寸徑最驚魂。居然小澗成飛瀑。兩岸閒看漲落痕。

幹壯葉稠子滿枝。成林笑傲月明時。可憐徒有尋梅癖。四老同來惜已遲。

颱風時客至東陳祚龍 三首

六八、八、十五、臺北、下同

試作古風五言六句體簡稱五六體
風雨會故人。況復萬里至。一別已十年。往事如夢寐。國家正多難。相對惟拭淚。
報國盡所能。各自圖建樹。嗟余一書生。優遊供遲暮。計力不從心。十謀九未遇。
海外存畏友。文章得失事。漢學誰爬梳。風雅誰酣醉。登高招國魂。呼喚瀰大地。

黃昏三首，試作五六體

六八、九、十九

黃昏瞬息間。夕陽更美麗。秋風動簾幕。明月照花砌。桑榆猶未晚。東隅雖已逝。
老年力雖衰。學識以爲寶。國仇何日復。煙塵何人掃。悠悠三十年。兀兀滯孤島。
壽命日延長。八十不言老。哲人貴從心。勞人徒草草。太上應忘情。莫被有情惱。

六懷篇十八首，試作五言六句體

(一)懷遠三首

六八、九、廿三

東來三十年。親朋無消息。遠望眼欲穿。兀坐心惻惻。後事不可期。往事空追憶。
此身東留久。此心長西向。天涯共明月。萬里各惆悵。愧非忘情人。何以齊太上。

親舊早凋零。少小成老大。衣食難自籌。命運多坎坷。待得還鄉時。故人有幾個。

六八、九、廿九

㈡懷舊三首

昔年車笠友。久矣無消息。煙幕隔雲天。生死不可測。可憐罹羅網。欲飛無羽翼。

宇宙無止息。衆生是過客。蜉蝣只一瞬。人生不滿百。修短隨物化。俯仰成陳迹。

雲泥不必爭。富貴何足道。翩翩少年人。今日成醜老。誰能長醜老。墓門生宿草。

六八、九、卅

㈢懷鄉三首

我鄉多石山。每喜山頂坐。溪水日潺潺。珠玉生咳唾。日出常曝背。天陰抱雲臥。

生存富魚米。民性歸醇厚。山寇動地來。人命賤如狗。倉皇別高堂。隻身天涯走。

離鄉五十年。音書久斷絕。涕淚暗中流。愁思日百結。遊子孤寂情。待與何人說。

六八、十、一

㈣懷南京三首

巍巍石頭城。龍蟠虎踞地。干戈英雄血。羅衣紅粉淚。長江日夜流。遊客千里至。

旅京十餘年。故鄉成第二。結友常主盟。求師曾問字。梅庵六朝松。令人發幽思。

情勢多變化。石頭樹赤幟。王氣黯然收。斯人盡傾頹。悠悠數十年。難忘傷心事。

六八、十、五

㈤懷倫敦三首

泱泱泰晤河。河邊多野趣。漠漠哈德園。蒼茫四回顧。昔逢承平日。三年經寄住。

結社名行健。求知問章句。議論重主張。絕不顧際遇。主張自紛歧。人事多觸忤。

學業無所成。守株空待兔。國事更蜩螗。倉皇登歸路。隻身入國門。昏黃已日暮。

六八、十、五

㈥懷重慶三首

二水環山邱。終年鎖煙霧。巖洞宮殿型。市區斜坡路。昔日稱渝州。當年保國祚。

八年生死戰。一擲是孤注。抗敵齊衆心。安民憑一怒。捷報紛紛傳。戰區上露布。

西南講學罷。重慶曾久住。戰時重能源。輸油未失誤（余在四川彭水黔江創設國源、元濟二煉油廠，以應軍需）。忽忽數十年。回憶如寐寤。

六九、元、十三

輓郭亦園三首，用古風五言六句體

逃生奔海角。斗儲無餘粒。骨肉終難依。困窮憐螻蟄。天地存正氣。蒼茫人獨立。

亂世一書生。老馬久伏櫪。腕筆掃千軍。國士誰相識。網珠詩集成。八方聞霹靂。

謦欬未獲親。心儀日已久。不羨人有爲。最敬人有守。今君長安息。惻惻詩三首。

六九、元、廿五

白雲山莊包徐二老同遊三首，用五六體

白雲終日行。飄蕩無定處。爲問何處來。未識何處去。淡泊飛羽毛。團圓堆棉絮。

青山左右抱。二河直奔海（基隆河入淡水河出海）。人民半如舊。城郭日已改。借問山

中人。農樵幾人在。

野徑寂無人。白日時隱顯。塵世留隱倫。泥塗辱軒冕。郊郭問新居。以此膺上選。

次和杜召棠負翁先生九十述懷四首

六九、五、十一

揚聲壇坫到而今。九十高齡發苦吟。風雅存亡騷客淚。親朋寂寞老人心。世情險惡無由避。天道循環不可尋。却喜期頤差十載。盈觴有酒自傾斟。

揮掃千軍筆一枝。書房日日墨淋漓。編排在手生珠玉。著作等身光棗梨。寒士飄零何處是。文章得失幾人知。二分明月揚州路。毓秀鍾靈一吐奇。

體弱未能動甲兵。文房四寶作干城。摧枯拉朽憑心戰。克敵制強恃筆耕。教室忽爲爭鬥地。絃歌時雜鼓鼙聲。書生報國誠多術。到處知君有送迎。

德高望重士林光。秋菊籬邊花正黃。儒教衣冠仍肅穆。老年步履自端詳。安貧守拙足爲訓。正己勵人孰可忘。默化潛移殊偉大。可推末俗進羲皇。

五老紀遊三首，用五六體

六九、八、三

(一)金龍寺二首

客從遠方來。同登金龍寺。三面疊層巒。四時留積翠。骨灰滿靈龕。人生眞如寄。
蓮座載觀音。草徑立羅漢。入山尚未深。已覺氣象換。不失赤子心。終必登彼岸。

(二)慈航堂一首慈航法師肉身金塑

出家既爲僧。名利亦何有。生欲其遺忘。死欲其速朽。肉身塑金裝。畫虎反類狗。

和包天老八十述懷 元韻

六九、十一、七、台北

早訂同遊十載期。窮山盡水共搜奇。仁心浩蕩推名手。醫學流傳鑄偉詞。四老登臨成盛會。一笻瀟洒出新詩。人生八秩不稱壽。此理只教龜鶴知。

四老郊遊 三首，五六體

七〇、元旦

一年兩度遊。到處留行迹。今日冒天寒。郊外同杖策。萬里山峯青。野柳海濤碧。（萬里、野柳地名）
金山（地名）神遊地，少年樂晨夕。港水泛浮舟。林陰排小宅。皓皓遠無際。何謂天地窄。
天地爲逆旅。光陰是過客。十年曾逾半（四老有十年遊約）。約期已漸迫。臨老觀亂象乾坤眞一擲。

疊韻詩 十四首

㈠四老臺北郊遊次羅隱魏城逢故遊人韻　七〇、五、三

幾年臺北接清遊。三月春風八月秋。國難待舒頻撫劍。家園未復更登樓。一枝笻杖搜山盡。半夜詩聲咽海流。莫把瀛州安樂地。視爲大漢帝王州。

㈡前章意有未盡，再疊遊韻　七〇、九、廿三

行吟山澤作清遊。幾度春風幾度秋。苦憶江南空有賦。怯寒高處怕登樓。熊熊赤火驚寰宇。袞袞群賢投濁流。羈滯半生人已老。何時漢幟動神州。

㈢三疊遊韻　七〇、十、二

記曾書劍久飄遊。歷歷滄桑數十秋。拊髀肉生頻試馬。歸家路斷獨登樓。偸閒有意離塵網。勇退何心抵急流。報國無能人亦苦。高歌一曲古涼州。

㈣四老今年秋遊，因包天老公忙作罷，四疊遊韻　七〇、十、卅一

難得四人並駕遊。劇憐包老負清秋。葱蘢百草誰馳馬。閒散一身我倚樓。鄉土淪亡呼北進。光陰荏苒水東流。匈奴未滅天行健。望眼及時復九州。

㈤五疊遊韻　七〇、十一、二

書劍一身事遠遊。老來宋玉更悲秋。從容論政居前席（立法院席次，年長者居前）。慷慨題詩踞小樓。檣櫓飛揚巨浪起。英雄淘盡大江流。三民主義統中國。指顧旌旗遍九州。

㈥憶南京六疊遊韻

七〇、十一、八

年老居閒憶舊遊（余居南京十餘年，舊友甚多）。大江日夜秣陵秋。棲霞（山名）林裏昏黃月。燕子（磯名）磯頭縹緲樓。楚界吳疆多俊傑。六朝三國數風流。自來王氣塞天地。曾幾百年領九州。

㈦七疊遊韻

七〇、十一、九

四老分離罷結遊。庭階碧綠月輪秋。剪裁花木兼園主。研讀詩文臥角樓。雖是孤舟迎駭浪。還期一柱砥中流。臺灣縱屬幅員小。勝過中原幾個州。

㈧八疊遊韻

七〇、十一、九

老去樂從健脚遊。飄零一葉已知秋。無緣居住三千界。何處覓尋十二樓（仙人所居，見李白詩）。振奮天威存正朔。發揚民力遏橫流。人心未死長思漢。指日前驅到福州。

㈨九疊遊韻

七〇、十一、十二

聯翩長作全臺遊。滬口春寒海樹秋。一線天光穿幻洞。幾層雲影罩高樓。叠巒絕巘尋常見。狹澗急河斷續流。終屬漢家垂正統。版圖雖小帝王州。

㈩十疊遊韻

七〇、十一、十四

因公分道阻歡遊。空見疏林積素秋。唯我獨尊臨絕頂。與人同樂赴詩樓。依稀月影明潭印。斷續琴聲石澗流。具體而微成氣象。舟車不日達皇州。

(十一)十一疊遊韻　　七〇、十一、十五

鼙鼓喧催作海遊。蒼茫景色玉山秋。蔽身存有舊冠帶。息脚租餘小閣樓。錦繡河山徒北望。輝煌事業付東流。只期矍鑠人常在。馳返中原振九州。

(十二)十二疊遊韻　　七〇、十一、十六

年老怕從鎮日遊。午前炎夏晚來秋。頂天宮宇大雄殿。平處風雲攬勝樓。矗立凌霄紗帽（山名）在。潺湲人海淡江（淡水河）流。臺灣只是彈丸地。全省行程抵一州。

(十三)十三疊遊韻　　七〇、十一、十七

探勝最宜雨後遊。鬟梳面洗疊巒秋。景物同欣留草墅。詩文共賞會茶樓。恣情花影朝朝弄。悅耳溪聲處處流。牧野鷹揚消醜虜。接迎遺老返皇州。

(十四)十四疊遊韻　　七〇、十一、十七

一聞幽勝命車遊。雨過身寒島國秋。弦歌動地尊儒教。街市摩天建大樓。熙攘人群誇富庶。保存文物足風流。崢嶸氣象浩無際。珍惜堂堂海外州。

平生作詩，最忌和韻、疊韻、險韻、啞韻，因押韻欠穩，詩即失色。在我詩中，和韻詩寥寥無幾。今年四老郊遊詩，含義深長，感慨尤多，意有未盡，反覆疊韻，成十四首，自知

不工，且不足爲訓，還祈讀者諒之。——鈍俞

次韻奉和孔鑄禹老八十詠懷

七〇、十、十四

香島優遊望眼賒。林深溪淺伴煙霞。卅年難遣遺民恨。何日始浮歸國艖。海內親朋悲逝水。天涯兒女各成家。舉杯遙祝仁人壽。俯仰草堂看百花（鑄老在港居百花草堂）。

冒雨霧遊陽明山十五疊遊韻

七〇、三、廿七、即上巳辰

陽明直駛逞春遊。雨霧茫茫似暮秋。一老身羈醫藥院（中國醫藥學院）。三人坐對逸仙樓（陽明山中山樓）。來兮緩緩花零落。去也潺潺水細流。作客東留幾（平聲）四紀。何時結伴出炎州。

碧潭泛舟十六疊遊韻

七〇、三、廿七、即上巳辰

十年未作碧潭遊。小艇破殘河畔秋。微浪風回吹雪鬢。樂園（碧潭樂園）聲響出高樓。百尋橋（碧潭弔橋）鎖催人去。兩岸山連逐水流。遙望燕雲（指北平）勞倦眼。心期早日到杭州。

四老台北雅集十七疊遊韻

七〇、四、四、清明前一日

幾度相邀今結遊。清明細雨見殘秋。鳥鳴出樹聲盈耳。花落拈簾風滿樓。夢裏乾坤何浩蕩。天涯涕淚暗交流。年臨耄耋無奢望。有日西行至汴州。

悼徐義衡岳母周太夫人

善終無病作仙遊。歷歷跡塵九八秋。艱苦備嘗人世事。全歸福壽說從頭。

徐老義衡哀詞三首

七一、八、廿一

幾回提筆作哀詞。一語無成增夢思。人事變遷誰管得。澄湖辜負十年期（四老初集澄清湖，訂期十年）。

古詩古調薄雲霄。七步捷才耀斗杓。抱恨致哀長已矣。英魂俊魄苦難招（義老古詩特佳，成詩快捷）。

松竹青煙陌路塵。天涯到處最相親。八年俯仰成陳跡。四老於今少一人（四老之遊，已歷八年）。

呂母蕭太夫人百齡大慶　七一、十一、十一

世間五福壽居先。百歲高齡豈偶然。頭角崢嶸承膝下。逍遙永樂地行仙。

悼徐老義衡二首，用高老越天岑容韻　七二、四、五

平生交契問苔岑。四十年來未動心。禮佛無妨從素食。隱身何必住深林。遍尋梅嶺留泥爪。高詠黃山震古今（義老有尋梅詩數十首，詠黃山詩十餘首特佳）。四老漫遊虛一席。天涯從此少豪吟。

水厓山頂語從容。佳節春秋杖履逢。繫足傳書今託雁。點睛繪畫已無龍。每懷魯閣清泉石。空憶澄湖明月松。唱和聲沉遊興滅。空房獨坐看時鐘。

步和高老越天八秩大慶自述四首　七二、九、三

風雨迷離處處家。只因氛祲滿京華。萬民死活霜前草。一線生機浪裏沙。江水東流人去盡。耆年西望眼昏花。惟從統一勤耕作。相信種瓜必得瓜。

氣質精醇誰與倫。至情至性見天眞。關河飄蕩歷驚險。事業艱難足苦辛。避地羞爲開世祖。衰年恨作待歸人。循環易理剝而復。拱手共迎中國春。

少年殷勤老不休。景行高嶽兩悠悠。暮年未必湮豪氣。一杜還期作砥流。養性功夫誰可比。等身著作孰能儔。無求於世求諸己。松麓林中自在游。

八十年來一老兵。浮雲富貴不爭名。常聽碧浪居松麓。只爲紅霞愛晚晴。注目古今因史顯。掉頭唐宋以詩鳴。此生我亦敦休養。若問越翁意未平。

七三、八、十六

題頤園詩稿

焚香頓首讀遺文。自恨緣慳未識君。得志當爲天下雨。養心愛作岫間雲。

七三、九、六

題姚公菊隱詩聯檢存

少結尊家鸞鶴群。因知詩道迫陶君。田園菊隱爲名號。世事雲泥從此分。

七四、二、廿六

題李翁超哉墨竹用古風五言六句體

寧可食無肉。不可居無竹。肉食縱口腹。竹居清眉目。走筆二三支。知者自悅服。

七五、六、廿一

悼包老天白二首

瀝膽披肝明道誼。飛龍走馬見精神。十年遊約仿如昨。四老於今少二人。

當年豪氣問松年。更羨大椿歲八千。修短人生終有數。期頤耄耋各茫然。

註：四老結遊時，積年三百，不及一松，發爲感慨。

中華語文叢書
寧遠詩集

作　　者／胡鈍俞　著
主　　編／劉郁君
美術編輯／鍾　玟

出 版 者／中華書局
發 行 人／張敏君
副總經理／陳又齊
行銷經理／王新君
地　　址／11494 臺北市內湖區舊宗路二段181巷8號5樓
客服專線／02-8797-8396　　傳　　真／02-8797-8909
網　　址／www.chunghwabook.com.tw
匯款帳號／華南商業銀行　西湖分行
179-10-002693-1　中華書局股份有限公司

法律顧問／安侯法律事務所
製版印刷／百通科技股份有限公司　海瑞印刷品有限公司
出版日期／2018年5月再版
版本備註／據1986年12月初版復刻重製
定　　價／NTD 200

國家圖書館出版品預行編目（CIP）資料

寧遠詩集 / 胡鈍俞著. -- 再版. -- 臺北市 :
中華書局, 2018.05
面 ;　公分. -- (中華史地叢書)
ISBN 978-957-8595-35-4(平裝)
851.486　　107004936

NO.H2061
ISBN 978-957-8595-35-4（平裝）